딱 하루만 평범했으면

## 딱 하루만 평범했으면

초판 1쇄 발행 2019년 6월 26일
초판 5쇄 발행 2023년 9월 1일

글·사진 | 태원준
펴낸이 | 金湞珉
펴낸곳 | 북로그컴퍼니
주소 | 서울시 마포구 와우산로 44(상수동), 3층
전화 | 02-738-0214
팩스 | 02-738-1030
등록 | 제2010-000174호

ISBN 979-11-89166-96-0 03810

· 잘못된 책은 구입하신 곳에서 바꿔드립니다.
· 이 책은 북로그컴퍼니가 저작권자와의 계약에 따라 발행한 책입니다. 저작권법에 의해 보호받는
  저작물이므로, 출판사와 저자의 허락 없이는 어떠한 형태로도 이 책의 내용을 이용할 수 없습니다.
· 이 도서의 국립중앙도서관 출판예정도서목록(CIP)은 서지정보유통지원시스템 홈페이지
  (http://seoji.nl.go.kr)와 국가자료공동목록시스템(http://www.nl.go.kr/kolisnet)에서
  이용하실 수 있습니다.(CIP제어번호: CIP2019022053)

태원준의 롤러코스터 여행일지

∞

# 딱 하루만
# 평범했으면

글 · 사진 태원준

북로그컴퍼니

# 이번에는 혼자 갑니다

"우와! 이번에도 어머니와 함께 떠나세요?"

오는 가을쯤 다시 장기 배낭여행자로 돌아가겠다는 선언을 하자 듣는 이들 모두가 같은 질문을 던졌다. 대다수는 내가 어디로 떠나는지, 얼마나 떠나는지에 대해 별로 관심이 없었다. 만나는 모두가 똑같은 질문을 했기에 그들이 어디선가 따로 모여 회의를 한 것이 아닌가 하는 의심이 들 정도였다. 하긴, 환갑의 엄마와 500일간 세계 일주를 한 아들에게 건네기엔 전혀 무리 없는 질문이었다. 나는 그들이 가질 일말의 기대를 애초에 단념시키고자 더욱더 강하게 손사래를 치며 답했다.

딱 하루만 평범했으면

"아니요, 죄송하지만 이번에는 혼자 갑니다."

여행 작가가 홀로 여행을 떠난다는 게 뭐 그리 죄송할 일이냐 싶겠지만 나는 이 말을 할 때마다 미묘하게 죄송했고, 오묘하게 죄송했다. 그렇다고 혼자 떠나겠다는 나의 결심이 흔들린 건 아니었다.

아시아에서 유럽을 거쳐 남미까지, 엄마와의 파란만장한 여행을 엮은 3권의 여행기는 '엄마'라는 후광만으로 수많은 이들의 공감과 응원을 얻어 20만 권 이상이 독자의 품에 안겼다. 어쩌면 세계 최초로 엄마 덕에 먹고사는 여행 작가가 바로 나였는데, 이제는 혼자서도 먹고살아야 하지 않겠는가. 게다가 엄마와 평생 여행을 다닐 수도 없는 노릇이다.

그렇게 나는 숱하게 쏟아지는 엄마 관련 질문에 성실하게 답을 한 뒤에야 청문회를 무사히 마친 장관 후보자처럼 홀가분하게 다음 단계를 준비할 수 있었다.

◗

'폭염'이라는 단어가 쉴 새 없이 쏟아지던 8월의 어느 날, 나는 여행을 떠나기 전 마지막 일정을 마치고 집으로 돌아왔다. 그러곤 책상 앞에 앉아 쌍쌍바를 반으로 가를 때만큼이나 높은 집중력을 유지하며 여행 계획을 짜기 시작했다. 더위로 인해 찌그러진 콜라 캔 같은 미간 사이로 땀방울이 뚝뚝 흘러내렸지만 입가에는 옅은 미소가 배어났다. 여행의 설렘은 목적지에 도착한 뒤 시작되는 게 아니다. 여행을 준비할 때부터 강하게 고개를 치켜든다.

'아! 이 얼마 만에 떠나는 장기 여행인가!'

나는 제멋대로 삐져나오는 설렘을 가까스로 눌러 담으며 장기 여행자로 변신한 뒤 머물 서식지와 활동 시기를 정하기로 했다. 출발은 9월 중순으로 이미 정해놓은 상태. 여행 기간이 문제였는데 고민 끝에 내년 2월 중순까지, 약 5개월간 여행하기로 마음먹었다. 날이 추운 겨울에는 여행 작가로 독자들을 만날 수 있는 일, 이를테면 강연과 방송 등이 급격히 줄어들고, 연초에는 각 기관과 회사마다 예산을 책정하고 한 해 계획을 짜느라 정신이 없어 대체로 외부에 일을 주지 않는다. 지난 몇 년간 프리랜서 생활을 하며 터득한 이 현실적인 결론을 적극적으로 반영한 기간이 바로 9월 중순에서 2월 중순까지다.

아니, 자유로운 영혼을 가진 여행 작가가 그냥 떠나고 봐야지 뭘 그리 시기까지 따져가며 여행을 하느냐고 질책한다면 겸허히 수용하겠으나 이번만큼은 내 영혼의 자유도 딱 5개월어치만 허락하기로 했다. 여행도 중요하지만 내겐 독자들을 직접 만나는 일도 무척 중요하기 때문이다.

이제 갈 곳을 정할 차례. 최소 5개월을 바라보는 여행이라 몇 나라를 아우르는 큰 지역을 훑고 싶었다. 여행지를 고르는 건 참으로 행복한 고민이지만 그 후보가 워낙 많아 꽤 까다로운 고민이기도 하다.

올해 초에 부족한 듯 여행했던 코카서스 지역이 유력한 후보로 떠올랐고, 이란에서 파키스탄을 거쳐 인도로 이어지는 매력적인 루트도 당당히 후보군에

딱 하루만 평범했으면

합류했다. 아직 제대로 여행해보지 못한 아프리카 대륙은 그야말로 다크호스.

그렇게 며칠간 여행지를 정하기 위해 웹서핑을 하다 보니 어느새 인터넷으로 지구 한 바퀴를 도는 쾌거를 이뤘다. 어찌나 이곳저곳을 검색했는지 모니터 하단에 쉴 새 없이 자동 팝업 광고가 떠올랐다. '코카서스 성지순례' '아프리카 완전 정복 25일' '인도 네팔 순례 여행'…. 그러던 중 한 광고가 눈에 들어왔다.

'장엄한 풍경 속 미얀마!'

귀에 익은 미얀마였지만 아직 눈에 익은 나라는 아니었다. 나는 여행사가 던진 미얀마 미끼를 덥석 물었다. 홀린 듯이 미얀마를 검색했고 닿을 듯이 미얀마에 빠져들었다. 열기구를 타고 황금 사원을 황홀하게 내려다보는 내 모습이 머릿속에 둥실 떠올랐다. 여행 호기심 DNA가 요동치기 시작했다. 그래, 이번엔 미얀마다!

즉흥적이기는 했지만 미얀마가 단숨에 여행 1순위로 떠올랐고 그간의 유력한 후보들은 추풍낙엽처럼 나가떨어졌다. 역시 후보로 오래 거론되어봐야 소용없다. 결국 뽑힌 놈이 장땡이니까.

미얀마가 중심을 잡아주니 나머지 밑그림은 쉽게 그려졌다. 미얀마 주변에 있는 방글라데시와 인도, 네팔을 차례로 루트에 포함시켰다. 모두 지금껏 여행해본 적 없는 곳이었으며, 동시에 여행 난이도가 상당히 높은 지역이었다. 여행이라기보다는 탐험이 될 수도 있었다. 그도 그럴 것이 도착 비자가 가능한 네팔을 제외하고는 모두 사전 비자를 받아야 하는 국가들이라 입국 준비부터가 만만치 않았다. 미얀마가 외국인에게 자유 여행을 허가한 건 그리 오래된 일이 아니며, 방글라데시를 여행했다는 사람은 단언컨대 살면서 한 번도 만나본 적이 없다. 보통의 여행 내공으로도 버티기 힘들다는 인도와 네팔 역시 호불호가 극명히 갈리는 곳이다. 어쩌다 보니 월드컵에 출전해 '죽음의 조'에 합류한 느낌이었다.

하지만 걱정은 노! 내가 바로 브라질이니까! 잘난 척해서 미안하지만 이 '자뻑'은 올해로 배낭여행 17년 차라는 사실에서 기인한 자신감이다. 뭐, 성인이 된 후 길 위에서 보낸 시간이 태반인데 브라질까지는 아니더라도 아르헨티나 정도는 되지 않겠나?

아무튼 대전 상대와 대전 날짜까지 정해지니 어서 실전을 치르고 싶은 마음뿐이었다.

◗

잘 다녀오겠다는 인사도 전할 겸 여행 계획도 늘어놓을 겸 시간을 내어 지인들을 만난 자리.

그들에게 앞으로 내가 걸을 험난한 길이라며 예정된 루트를 거창하게 읊어주고 있는데 놀랍게도 몇몇은 여전히 내가 어디로 떠나는지에 큰 관심이 없었다. 친구 하나가 내 말을 끊고 이렇게 되물었다.

딱 하루만 평범했으면

"아니, 그렇게 여행하기 힘든 나라들을 엄마랑 가겠다고?"
나는 다시 한 번 숨을 고르고 힘주어 답하는 수밖에 없었다.
"미안하지만 이번에는 혼자 가."

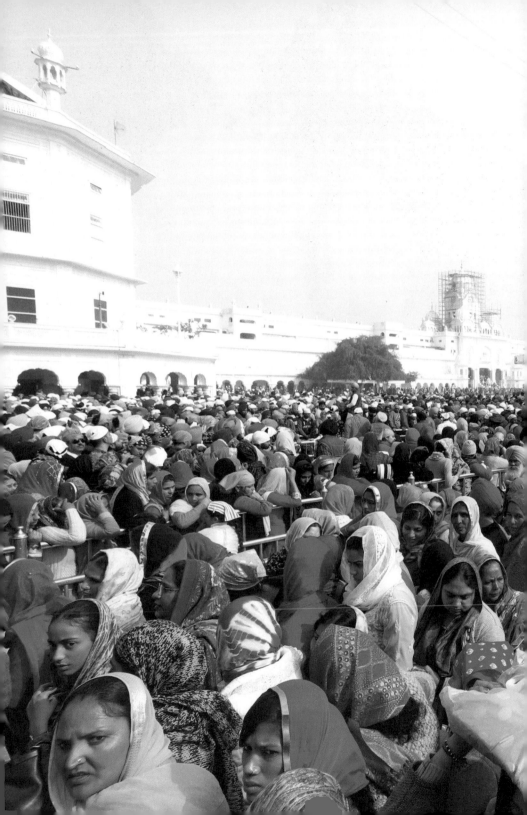

# 차 례

프롤로그 · 4

Myanmar ──────

배낭여행자로의 화끈한 귀환 · 34

이대로 죽는 건가? · 42

황금빛의 쉐다곤 파고다 · 48

가장 보통의 삶 · 56

열기구는 나의 꿈 · 64

눈앞에 두고도 볼 수가 없었다 · 73

빨래하는 날 · 80

돌아오지 않았다면 어쩔 뻔했나? · 85


Bangladesh ──────

용광로 같은 도시, 다카 · 94

환전, 미션 임파서블 · 103

천사가 천사를 만날 수 있는 곳 · 111

배들의 무덤 · 120

선크림 없는 바다 · 129


India ──────

인도로 가는 길 · 136

반짝반짝 빛나는 · 143

내가 졌소, 기사 양반 1 · 152

홍차의 블랙홀 · 157

Nepal 꿈의 히말라야 입성 · 164

포터 구조 일지 · 171

뜻밖의 고백 · 180

안나푸르나와의 조우 · 186

알고 보니 나는 엄마 피 · 204


India 너무 늦게 찾아온 도시 · 213

남매의 뒤바뀐 운명 · 218

역대급 크리스마스 선물? · 224

내가 졌소, 기사 양반 2 · 232

제발 기차표를 주시오 · 236

괴짜 공무원이 만든 기상천외한 세계 · 240

모두가 꿈꾸는 세상 · 247

지상 최고의 국경 쇼 · 254

축제의 제왕 · 262

맥주와 소고기가 흐르는 땅 · 270

해가 진다 · 276

사상 초유의 귀국길 · 283

# 배낭여행자로의
# 화끈한 귀환

　어젯밤 9시에 방콕을 떠난 버스가 오늘 새벽 6시 즈음 태국 측 국경 도시인 '매솟'에 안착했다. 잠이 덜 깬 상태로 버스에서 내려 배낭을 들쳐 업었다. 차가운 새벽 공기를 가르며 입장료 3바트(100원)짜리 터미널 화장실에 들어가 현지인들과 자리다툼을 하며 세수를 하고 이를 닦으니 헤벌쭉 웃음이 났다.

　'아… 드디어 여행이 시작됐구나!'

　이 작은 깨달음에 밤샘 버스에서 쌓였던 피로가 날아가고 아드레날린이 솟구쳤다.

　태국 국경을 지나 미얀마 측 국경 도시인 '미야와디'로 이어지는 다리 위를 저벅저벅 걸었다. 미얀마는 얼마 전까지만 해도 군부 독재 때문에 육로로 국경을 넘기 힘든 폐쇄적인 나라였다. 하지만 민주화가 차츰 진행되면서 지금은 육로 국경이 봉인 해제된 상태다. 이 다리 위를 걷고 있다는 게 역사의 한 장면 같다는 생각을 하고 있는데, 이런 나의 생각에 맞장구를 쳐주듯 저 멀리 새날을 알리는 붉은 해가 짠, 하고 떠올랐다.

한국에서 미리 받아 온 전자 비자 덕에 어렵지 않게 미얀마에 첫발을 내디뎠다. 오늘의 첫 이방인을 맞이한 환전상과 호객꾼이 이때다 싶어 기계적으로 달려들었다. 그들을 차근차근 물리치고 교통편을 알아보았다. 미야와디는 그저 국경일 뿐 관광 자원이 전무한 곳이라 국경을 넘자마자 바로 다른 도시로 이동하기로 마음먹은 터였다.

미얀마의 첫 여행지로 낙점된 곳은 써놓고도 읽기 힘든 '몰랴마인'. 미야와디와 마찬가지로 관광 자원이 풍부한 곳은 아니지만 한때 영국령 미얀마의 수도였던 까닭에 《동물농장》과 《1984》를 집필한 조지 오웰과 《정글북》의 원작자 러디어드 키플링이 머물던 도시다. 좋아해 마지않는 대작가들의 숨결을 느낄 수 있다는 기대가 나를 몰랴마인으로 이끌었다. 내 그래도 명색이 작가이지 않은가!

"몰랴마인! 몽랴마인! 몬냐마인!"

목적지를 외치면서도 계속 혀가 꼬였다. 이렇게 발음하기 힘든 도시는 처음이었다. 어찌 가는지 알 길이 없어 지나가는 사람을 붙잡고 몰랴마인을 반복하길 10여 분. 한 택시 기사가 다가와 오케이를 외쳤다. 배낭을 트렁크에 던져 넣고 뒷좌석에 올라탔다. 하지만 정작 택시 기사가 운전석에 앉을 생각이 없었다. 그럼 그렇지. 동남아 어디에나 있는 합승 택시다. 몰랴마인으로 가려던 게 아니라 첫 손님이 몰랴마인을 외쳤으니 이제 몰랴마인까지 가는 사람들을 모으기 시작할 것이다. 기약 없는 기다림만 남았구나, 란 생각에 풀죽어 있는데 수완 좋은 택시 기사가 순식간에 손님들을 모아 왔다. 곧 출발할 수 있다는 생각에 흐뭇한 미소가 떠올랐다. 그들이 네 명이라는 사실을 알기 전까지는. 엥? 남자 세 명에 여자 한 명이라고?

"뒤에 남자 넷이 어떻게 앉아요!?"

택시 기사 뒤를 따라오던 여자가 자연스레 조수석을 차지하자 덩치가 산만 한 세 남자가 뒷좌석 쪽으로 다가왔다. 그중 둘은 얼핏 봐도 체중이 최소 90킬로그램은 되어 보였다. 그들은 나뭇가지처럼 비쩍 마른 나를 구석으로 몰아대며 육중한 몸을 뒷좌석에 밀어 넣었다. 벌써부터 숨이 막혀왔다. 처음 만난 남자들과 꽤 민감한 부위인 엉덩이를 부대끼며 소심하게 자리 쟁탈전을 벌이고 있는데 드디어 택시에 시동이 걸렸다. 실 없는 웃음이 새어 나왔다. 이런 불편을 감수하며 우격다짐으로 차에 오른 세 청년이 참 대단하다는 생각도 들었지만 그 와중에 택시에서 내리지 않고 짐짝처럼 실려 가는 나도 참 대단했다. 안타깝게도 뒷좌석에서 한 몸뚱이가 된 네 남자의 땀샘은 머지않아 연쇄 폭발하고 말았다. 졸지에 서로의 체취를 흠뻑 느껴가며 엉덩이에 이어 굵은 땀방울까지 공유하고 말았다. 그나마 창가 좌석에 앉아 다행이라고 생각했는데 한 시간쯤 지나자 왼쪽 엉덩이에 쥐가 났다. 창가 쪽으로 밀리고 밀려 엉덩이 한쪽만 좌석에 겨우 걸쳤기 때문이다. 버릇처럼 연신 코에 침을 발랐다. 그런데 반대쪽 창가에 앉은 친구도 나와 같은 증상을 겪고 있는지 방금 내가 한 동작의 의미를 묻더니 히죽이며 내 동작을 따라 했다. 미얀마의 좁은 택시 안에서 한국의 민간요법을 전파하는 상황이라니.

두 시간쯤 지나자 뒷좌석에 있는 네 남자 모두 사색이 되어 눈만 끔벅 거렸다. 우리의 유일한 낙은 택시가 과속 방지 턱 따위를 넘기 위해 덜컹 거릴 때였다. 그럴 때면 엉덩이가 공중으로 소폭 떠오르며 잠시나마 네 남자의 엉덩이에게 자유를 선물했다. 이런 사실을 아는지 모르는지 택시 기사는 길가에서 누군가 손을 흔들면 차를 세워 목적지를 물었다. 아니

여기에 손님을 더 태우려는 건가? 새로 온 손님은 땀에 전 네 남자의 무릎 위에 살포시 누워서 가야 하는 건가? 닿을 곳 없는 하소연에 빠져 있는데 푸쉬쉭, 바람 빠지는 소리가 나더니 택시가 길에 서고 말았다. 타이어에 문제가 생긴 것이다. 뭐, 놀랍지도 않았다. 기사는 탈탈탈 굴러가는 택시를 겨우 길가에 세운 뒤 대충 타이어에 땜질을 하고 천천히 출발했다. 하지만 우리는 5분 만에 다시 길에 멈춰 서고 말았다. 이번엔 기름이 동난 것이다. 주유소로 향하는 동안 나는 작금의 현실에 통탄을 금할 길이 없어 하염없이 창밖만 바라봤다.

반면 조수석에서 편히 자던 아가씨는 차가 설 때마다 기지개를 켜며 네 남자 보란 듯 바깥 공기를 쐬었다. 그 모습을 바라보자니 지옥에서 천당을 바라보는 기분이었다. 이미 한 몸이 된 네 남자는 엉덩이 마비 증세를 겪으면서도 그 누구도 차를 빠져나갈 생각을 하지 못했다. 괜히 나갔다가 그나마 차지하고 있던 손바닥만 한 공간조차 빼앗길지 모른다는 위기감 때문이었다.

극기 훈련을 방불케 하는 길고 긴 역경과 고난의 시간이 지나고 드디어 택시가 몰라마인에 도착했다. 미야와디를 출발한 지 4시간 반 만이었다. 서울-부산 거리를 남자 넷이 강제로 서로의 엉덩이를 느끼며 짐처럼 실려 온 것이다. 나는 몰라마인에 도착했다는 택시 기사의 말이 떨어지기 무섭게 차 문을 열었다. 그러자 몸이 거의 튕겨져 나왔다. 다리가 뽑혀 나갈 듯 저려와서 한참을 절뚝이다가 아예 바닥에 주저앉았다. 진이 빠진 상태였지만 엉덩이 두 쪽이 모두 바닥에 붙어 있다는 사실이 축복처럼 느껴졌다. 여행은 이토록 상상치도 못했던 작은 행복을 선물해준다. 살면서 엉덩이 두 쪽이 자유롭다고 행복을 느끼게 될 줄이야.

하지만 고생은 아직 끝난 게 아니었다. 택시에서 내리자마자 시야를 가릴 정도의 폭우가 쏟아졌고, 택시 기사가 나를 등 떠민 곳은 몰라마인 시내에서 10킬로미터나 떨어진 곳이었다. 어쩐지 아무도 안 내리더라니. 승객의 목적지가 모두 달라 몰라마인 근처 적당한 곳에서 나를 내려준 듯했다. 별수 있나. 대중교통이 전혀 없는 한적한 시골 외곽이라 비를 쫄딱 맞으며 완전 군장을 하고 시내까지 두 시간을 넘게 걸었다.

시내에 도착해 '외국인 사절'(미얀마는 국가의 허가를 받은 숙박업소만 외국인 관광객을 받을 수 있다.)이라 말하는 숙소를 열 군데 가까이 거치고 나서야 내 몸 하나 겨우 누일 퀴퀴한 작은 방 하나를 구했다. 비를 머금어 더 무거워진 배낭을 바닥에 팽개치고 얼룩이 가득한 침대 위로 다이빙했다.

좁은 야간 버스에, 시련의 합승 택시에, 빗속 행군까지. 온갖 고초와 핍박에 굴하지 않은 진정한 인간 승리다!

침대에 누워 쩍쩍 금이 간 천장을 바라봤다. 시커먼 바퀴벌레 한 마리가 갈라진 틈으로 빠르게 기어들어 갔다. 갑자기 실성한 사람처럼 웃음이 터졌다. 배낭여행자로의 복귀치고는 좀 많이 화끈했다. 이제야 진짜 여행이 시작된 느낌이다.

# 이대로 죽는 건가?

　　　　　　　　테러가 발생한 듯했다. 살면서 이런 일이 나에게 생길 줄이야! 폭발음과 함께 좌우로 급격히 휘청거리던 버스가 겨우 중심을 잡고 멈춰 섰다. 재빨리 고개를 들어 동태를 살피곤 바닥에 엎드렸다. 대각선 좌석의 벽면은 폭발의 여파로 완전히 뜯겨 나갔고, 혼비백산한 승객들은 비명을 지르며 앞쪽으로 달려 나갔다. 맨 뒷좌석에 앉아 있던 나는 좌석 아래로 몸을 숨기고 곧 닥쳐올 위기의 순간에 대비했다. 테러리스트 집단이 승객을 인질로 잡는 장면이 상상됐다. 저항하면 죽이겠지? 잡혀가도 죽을 텐데. 그럼 이대로 죽는 건가? 온몸이 달달달 떨려 움직일 수가 없었다.

　"양곤으로 가기 전에 바고에 한 번 들러봐. 근사한 사원이 많아."
　동굴 사원이 지천에 널린 작은 마을 '파안'에서 여정을 함께한 도미닉이 '양곤'으로 향하려던 내게 '바고'를 추천했다. 지도를 보니 바고는 양곤으로 가는 길목에 있었고, 가이드북을 보니 그곳은 유산과 보물이 넘

치는 문화 도시였다. 이제 장기 배낭여행자가 된 이상 최대의 무기는 돈이 아닌 '시간'이었다. 천천히 여기저기를 둘러볼 생각이어서 큰 고민 없이 바고행 버스를 예매했다.

시외로 향하는 모든 버스가 출발하는 파안의 시계탑에 도착했다. 내 나이보다 몇 살은 더 먹어 보이는, 올라타기 미안할 정도로 낡디낡은 버스들이 무더위 속에서 헉헉대고 있었다. 이른 아침인데도 땀이 줄줄 흘렀다.

버스에 타자마자 쉰내가 진동하는 에어컨에 코를 박았다. 오전 8시에 출발하는 버스고, 바고까지는 다섯 시간이 걸린다고 했으니 오늘의 일정 설계는 수월했다. 오후 1시쯤 바고에 도착해 늦은 점심을 먹고 반나절 동안 사원과 궁전을 둘러보면 된다. 어젯밤 아슬아슬하게 마지막 자리를 예약한 탓에 버스에서 가장 불편한 맨 뒷좌석이라는 게 완벽한 계획의 유일한 흠이었다. 안 그래도 비포장도로가 많은 미얀마. 역시 내 자리는 이가 딱딱 부닥칠 정도로 심하게 덜컹거렸다. 읽으려던 책을 덮고 야구 모자를 푹 눌러썼다. 솔솔 잠이 왔다.

펑!

엄청난 굉음에 깜짝 놀라 눈을 떴다. 어찌나 놀랐는지 목에 경련이 다 일었다. 그와 동시에 버스의 왼편이 잠시 공중으로 떠오르며 차체가 오른쪽으로 급격히 기울었다. 버스가 곧 전복될 것 같았다. 가까스로 중심을 잡은 버스가 한동안 휘청거리다가 도로 위에 멈춰 섰다. 승객들의 비명이 이어졌고 버스 기사가 무언가를 다급히 외치는 소리가 들렸다. 연기가 피어오르자 승객들이 무질서하게 버스 앞쪽으로 탈출하기 시작했다. 타이밍을 놓친 나는 본능적으로 몸을 낮췄다.

'뭐지? 무슨 일이 일어난 거지?'

오만가지 생각이 다 들었다. 소리의 크기로 보나 진동의 규모로 보나 분명 폭발이었다. 그 여파로 대각선 방향의 의자는 3분의 1쯤 뜯겨 나갔고 그 근처의 차체가 처참하게 망가져 있었다. 가장 먼저 떠오른 건 끔찍한 테러였다. 민족 간 분쟁으로 인해 미얀마 국경에서 테러가 발생했다는 기사를 얼마 전에 본 터라 나는 바닥에 엎드린 채 그저 죽었구나 생각했다. 왈칵 눈물이 나올 것 같았다. 몸이 곧 산산조각이 날 텐데 그 전에 정신이 먼저 산산이 조각났다. 죽기 전에 지난 삶이 주마등처럼 지나가고 사랑하는 이들의 얼굴이 떠오른다던데 나는 아무런 생각도 나지 않았다. 그저 살고 싶다는 생각만 간절했다. 그렇게 심리적으로 칠흑 같은 시간이 고작 '1분' 정도 지났을 즈음 누군가 웅크리고 있는 내 어깨를 톡톡 쳤다. 겨우 고개만 살짝 들어 위를 쳐다봤다. 그곳엔 총을 든 테러리스트 대신 버스 기사가 서 있었다.

딱 하루만 평범했으면

"빨리 내려요. 차 펑크 났어요."

마음이 황당함과 허망함 중에 무얼 먼저 꺼내 들어야 할지 몰라 방황했다. 어처구니가 없었다. 고작 펑크라니. 실제로 펑크로 인해 버스가 전복되었다면, 혹은 뒤따라오던 차량이 속도를 줄이지 못하고 버스와 큰 충돌을 일으켰다면 맨 뒤에 앉아 있던 나는 그 충격으로 정말 죽었을지도 모른다. 분명 잠시나마 삶보단 죽음에 더 가까이 있었다. 하지만 과대망상에 빠져 테러를 떠올렸던 내게 펑크는 '고작'이었다.

바닥에서 기어나와 좌석에 털썩 주저앉았다. 여전히 손이 떨렸다. 버스에는 나뿐이었다. 창밖으로 시선을 돌리니 서양 여행자들이 짜증 섞인 표정으로 펑크 난 버스를 바라보고 있었다. 펑크가 난 왼쪽 뒷바퀴 부근에선 여전히 연기가 피어올랐다. 황급히 버스를 빠져나왔다. 아니 오버도 이런 오버가 있을까? 그 짧은 시간 동안 테러를 생각하다니. 3분 전의 '나'가 지금의 '나'에게 창피해 어쩔 줄을 몰라 했다. 현재의 나에게 변명을 하자면 펑크라 하기엔 굉음과 진동이 너무 과했다. 게다가 깊이 잠들었다 깨지 않았는가. 현재의 내가 살았으니 됐다며 3분 전의 나를 다독였다.

차에서 내려 상황을 들어보니 주행 중에 타이어가 터져버렸단다. 고속도로에서 질주 중이었기에 그 충격은 배가 됐던 것이다. 타이어는 완전히 형체를 잃었고 그 주변의 차체는 주저앉았다. 승객은 물론 버스 기사까지 망연자실한 채 망가진 버스만 바라보았다. 모두가 4분 전의 나처럼 울 기세였다.

누군가 후속 조치에 대해 물었다. 고속도로 한가운데라 도시에서 스페어타이어를 공수해 오려면 최소 한 시간이 걸린다고 했다. 타이어를 갈

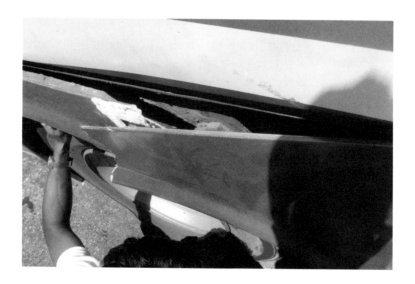

아 끼워도 차체가 무너졌으니 바고까진 최저 속도로 기어가듯 가야겠지…. 마음을 비우고 다른 이들처럼 버스가 만든 몇 뼘의 그늘 속에 쭈그려 앉았다. 한낮 기온이 35도가 넘는데 아스팔트 지열까지 더해져서 쪄 죽을 판이었다. 아, 죽는다는 얘기는 그만해야겠다.

마흔 명 이상의 승객이 연신 땀을 닦으며 오매불망 스페어타이어를 기다렸다. 그때 딸랑딸랑 종소리가 들렸다. 웅? 이 소리는 뭐지? 미얀마에서는 아이스크림 장수가 종을 치는데! 설마 했는데 진짜였다. 오토바이를 타고 고속도로를 지나던 아이스크림 장수가 '이거 대목인걸!' 하는 표정으로 힘차게 종을 치며 다가오고 있었다. 아니 대체 어디서 나타난 거야? 짜증이 나 있던 승객 모두가 호기로운 아이스크림 장수를 보고 동시에 빵 터졌다. 장소는 전혀 적절하지 않았지만 때는 그야말로 적절했다. 하나둘 몰려들어 아이스크림을 골랐다. 아이스크림 장수는 뜻밖의 횡재에 입이 귀에 걸렸다. 나도 상자에서 아이스크림 하나를 집어 들었다. 어릴 적 엄마 몰래 사 먹던 불량식품 맛 '쭈쭈바'였다. 한입 쭉 짜 먹자 더위가 획 날아갔다. 한여름 밤의 꿈(사실은 악몽)만 같았던 과대망상도 시원함에 씻겨 날아갔다. 새빨간 딸기 맛 쭈쭈바가 참기 힘들 만큼 달콤했다.

# 황금빛의 쉐다곤 파고다

　　　군부 독재가 한창이던 2005년, 미얀마의 수도는 양곤에서 '네피도'로 옮겨졌다. 아무런 예고도 없이 하루아침에 벌어진 일이다. 미얀마 정부와 국민의 반발에도 표독한 독재자 '탄 슈웨'는 본인이 신봉하는 점성술사의 말만 듣고 허허벌판 황무지인 네피도로의 천도를 강행했다. 그럼에도 양곤은 여전히 미얀마의 문화와 경제, 관광을 책임지고 있으며 미얀마 국민 대다수가 마음속 수도로 여기는 곳이다. 그런 만큼 이방인인 내 눈에도 양곤은 매력적이었는데, 특히 이곳에서 저곳으로 넘어갈 때마다 이질감이 느껴질 정도로 도시 각 구역의 특색이 너무도 명확해 보는 재미가 넘쳤다.

　　양곤에 들어서자마자 우선 영국 식민 지배의 흔적이 남아 있는 시내 동쪽으로 향했다. 중앙 우체국이나 고등 법원, 세관 건물 등 대부분의 큰 건물들이 유럽풍 건축 양식을 따르고 있어 거짓말 조금 보태면 작은 런던에 와 있는 것 같았다.《달과 6펜스》의 서머셋 몸이 오래 머물렀던 호화로운 스트랜드 호텔도 반짝였고, 웬만한 유럽 성당보다 큰 성 메리 대

성당도 위세를 뽐냈다.

시내 서쪽은 양곤에 언제 호화 건물이 있었냐는 듯 거리를 잇는 골목 골목이 온통 시장 바닥이었다. 골목별로 종목도 다 달랐다. 과일 시장을 지나면 잡화 시장, 공구 시장을 지나면 옷 시장, 신발 시장을 지나면 꽃 시장…. 사고팔고 구경하는 이들이 좁은 골목 안에서 얽히고설켜 말 그대로 도떼기시장이었다. 삶의 활기가 넘치다 못해 서쪽 구역 전체가 갓 잡아 올린 활어처럼 펄떡였다.

도시 동쪽과 서쪽을 꼼꼼하게 둘러본 후, 일부러 아끼고 아끼느라 맨 마지막으로 일정을 잡은 시내 북쪽으로 향했다. 이곳은 유서 깊은 사원이 숲처럼 빼곡하게 자리 잡은 지역으로, 양곤을 넘어 미얀마 최고의 볼거리가 숨어 있는 곳이다. 아니, 숨어 있다고 하기엔 워낙 커서 시내 어디에서나 보인다. 바로 세계에서 가장 화려한 사원이자 불교계에서 가장 신성한 사원으로 꼽히는 '쉐다곤 파고다'가 그 주인공이다.

역시나 입구의 규모부터 남달랐다. 사면에 위치한 사원 입구마다 엘리베이터나 에스컬레이터가 설치되어 있었고 입구를 지나 사원 중심부까지 가는 데에만 5분이 넘게 걸렸다. 현지인에게는 신성한 성지이니 당연히 무료였지만, 외국인 관광객에게는 놀라운 구경거리니 당연히 유료였다. 그것도 국수 한 그릇에 우리 돈 1000원 정도 하는 미얀마에서 8000원이라는 입장료를 받았다. 조금 과하다는 억울함보다는 도대체 얼마나 대단하기에 이 정도까지 하는 걸까, 라는 기대감이 더 컸다. 매표원에게 표를 받아 들고 호다다닥 중앙에 위치한 사리탑을 향해 뛰기 시작했다.

"이야, 진짜 XX 크다!"

거룩한 사리탑 앞에서 나도 모르게 교양 없는 단어가 튀어나왔다. '몹시' 혹은 '매우' 등의 부사로는 그 맛이 살지 않을 정도로 탑의 규모가 어마어마했기 때문이다. 무서울 정도로 거대한 원뿔 기둥을 올려다보고 있으니 그 위용에 절로 압도되어 소름이 돋았다. 나와 같은 외국인들은 거의 같은 행동을 보였다. 사리탑을 보고, 멈추고, 입을 벌리고. 높이가 100미터에 육박하고 둘레가 426미터에 달하는 탑을 눈앞에 뒀는데 이걸 보고 놀라지 않으면 대체 뭘 보고 놀란단 말인가.

사리탑은 단순히 규모만 큰 게 아니었다. 화려함으로도 절정을 찍었다. 탑 내부에 부처님의 머리카락 여덟 올이 안치되어 있다고 해 불교계에서 매우 중요한 사원으로 꼽히는 만큼 탑 전체가 금으로 덮여 있었다. 눈앞에서 일렁이는 황금빛 때문에 눈을 제대로 뜨기도 힘들었다.

쉐다곤의 '쉐(Shwe)'가 바로 황금이란 뜻이다. 15세기에 한 여왕이 사리탑에 금박을 입히기 시작한 뒤 대대손손 끝없이 금박을 보시해 지금은 그 금박의 무게가 2만 7000킬로그램에 이른다. 1990년대부터는 일반인도 탑에 금박을 입히는 게 가능해졌으니 금박의 무게는 점점 늘어나고 있을 것이다.

'티'라고 불리는 사리탑 꼭대기는 아예 진귀한 보석으로 도배되어 있다고 한다. 5448개의 다이아몬드와 루비, 사파이어, 에메랄드 등 2317개의 보석이 물결을 이루고 있고, 가장 높은 곳에는 76캐럿의 대형 다이아몬드가 박혀 있다고 하니 만약 부처님이 환생하신다면 제발 적당히들 하라고 하지 않을까 싶다.

사리탑 주변에 줄줄이 이어진 64개의 아담한 탑은 마치 중앙에 우뚝 서 있는 신에게 손을 들고 경배를 올리는 신도의 모습 같았다. 홀린 사람

딱 하루만 평범했으면

처럼 사리탑 삼매경에 빠져 있다가 조금 물러나 바닥에 주저앉았다. 그제야 사리탑 주변을 가득 메운 현지인들의 모습이 눈에 들어왔다. 무릎을 꿇은 채 경건하게 기도를 올리는 현지인들의 모습과 화려한 탑의 모습이 겹쳐지니 현실이 아닌 곳에 와 있는 것 같았다. 해가 지자 자줏빛 승복을 입은 승려들이 사리탑을 감싸기 시작했고 수많은 촛불이 밝혀졌다. 그러자 탑은 더욱더 영롱한 빛을 뿜어냈다. 쉐다곤 파고다의 아름다움에 빠진 나는 결국 밤이 늦도록 그곳을 떠나지 못했다.

# 가장 보통의 삶

양곤역으로 가서 열차표 한 장을 샀다. 가격은 고작 200짯, 우리 돈으로 180원이다. 회색빛 갱지에 열차명과 가격만 덩그러니 적혀 있다. 이 표를 손에 쥐고 탈 수 있는 건 양곤역을 출발해 근교 시골 지역을 한 바퀴 돌아 다시 양곤역으로 돌아오는 '양곤 순환 열차'다.

문득 현지인의 삶이 궁금해 열차에 몸을 실었다. 오전 11시라 그런지 한적했다. 외국인에게 잘 알려지지 않은 열차라 여행자로 보이는 사람도 없었다. 나는 잠시 서 있다가 열 명 정도 앉을 수 있어 보이는 길쭉한 의자 한쪽 끝에 자리를 잡았다.

열차는 말도 못하게 낡고 더러웠다. 양곤역이 아닌 '과거역'에서 온 듯했다. 바닥에는 10년 묵은 듯한 쓰레기와 도무지 어떤 생명체였는지 알 수 없는 벌레의 사체가 사이좋게 뒹굴었다. 손잡이와 좌석은 땟물 범벅. 시커먼 먼지를 뒤집어쓴 천장의 선풍기는 연신 더운 바람을 퍼뜨렸다. 냄새는 또 어찌나 고약한지. 그럼에도 나는 이렇게 오래되고 낡아빠진, 그리고 과거와 현재의 흔적이 공존하는 현지 열차를 타는 걸 좋아한다.

열차를 훑던 눈이 자연스레 건너편 좌석에 가닿았다. 하얀 '난닝구' 바람의 아저씨가 고개를 푹 숙인 채 졸고 있었고, 그 곁에서 장사를 준비하던 상인이 이방인의 등장이 신기한 듯 나를 힐끔거렸다.

열차가 심하게 덜컹거리며 낡은 몸뚱이를 움직이기 시작했다. 사람으로 따지면 진즉에 은퇴하고 손주 뺨에 뽀뽀를 날려야 할 나이의 열차가 가쁜 숨을 몰아쉬었다.

탈탈탈… 탈탈탈… 탈탈탈….

열차가 아닌 탈수기 위에 앉아 있는 것처럼 몸이 사방으로 흔들렸다. 창밖을 바라보니 '기찻길 옆 오막살이의 아기'는 잘 못 자는 것 같았다. 우는 아기를 업은 아낙네들이 젖은 빨래를 한가득 지고 나와 검은 먼지가 폴폴대는 기찻길 옆에 널었다.

첫 번째 역에서 제법 많은 이들이 올라탔다. 순식간에 좌석이 꽉 찼다. 재미있는 건 그 누구도 정자세로 앉아 있지 않다는 사실이었다. 다들 아빠 다리, 엄마 다리를 하고 앉아 제 할 일을 했다. 누구는 봉지에 담긴 국수를 먹었고, 누구는 태연하게 돈을 셌다. 또 누구는 신문을 읽었고, 누구는 잠을 잤다. 그들 각자의 안방이 녹슨 의자 위에 있었다.

열차는 느리다 못해 아주 천천히 움직였다. 출입문을 계속 열어두었기 때문에 역이 아닌 곳에서도 사람들이 가뿐하게 올라탔다. 열차는 역에 도착해도 멈추지 않고 미세하게 움직였다. 아마도 차체가 워낙 낡아 숨을 할딱이다 보니 완전히 멈추면 다시 시동을 걸기까지 시간이 꽤 걸려서일 거라고 추측해본다. 이미 적응이 된 듯 대수롭지 않게 열차 위로 올라오는 사람들. 열차에 대고 왜 서지 않느냐 화내는 이는 당연히 없다. 열차가 얼마나 느린지 알고 싶어 무작정 내려 슬슬 뛰어봤다. 분명 꼬리칸

쪽에 있었는데 조금 달리다 보니 머리칸 쪽이다. 나의 달리기 속도보다 느린 기차가 있다는 걸 온몸으로 증명했다.

네댓 정거장이 지나자 내가 기다리던 이들이 대거 열차에 올라타기 시작했다. 장사로 삶을 일구는 열차 위의 상인들! 제 몸통만 한 2리터짜리 물병을 양손에 든 꼬마가 뚜껑 쪽으로 내 옆구리를 쿡쿡 찔렀다. 100짯 (90원)만 달란다. 들고 다닐 재간이 없어 살 생각도 안 했지만 놀랍게도 꼬마가 내게 내민 물병은 5분의 4 정도만 차 있었다. 그걸 가만히 보고 있자 꼬마가 물러났다. 어디 가서 사기는 못 칠 녀석이다. 과일 장수가 허겁지겁 기차에 올랐다. 동남아는 뭐니 뭐니 해도 과일이지. 맛은 망고가 최고요, 모양은 용과(드래곤 프룻)가 최고다. 망고는 사 먹고 용과는 구경했다. 채소를 파는 상인은 열차 안에서도 거침없이 채소를 다듬었다. 꼬리칸 바닥에 뒹굴던 당근 껍질에 대한 의문이 말끔하게 사라졌다.

딱 하루만 평범했으면

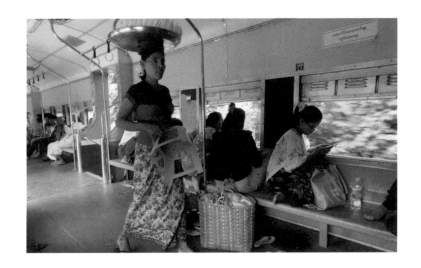

　열차 안에 상인만 있는 건 '당연히' 아니었다. 구매자의 역할을 맡은 일반 시민들도 있었다. 상인들은 목욕탕 의자 같은 앉은뱅이 의자를 들고 다니며 물건을 팔다가 관심을 보이는 이가 나타나면 그 앞에 주저앉아 흥정을 시작했다. 이건 정말 돈 주고도 못 볼 명장면이다. 상인들은 자세를 확실히 낮추고 '손님은 왕'을 실천하며 물건을 팔았다. 하지만 왕이 말도 안 되는 가격을 후려치거나 협상이 결렬되면 얄짤 없이 목욕탕 의자를 들고 일어섰다. 이러한 판매자와 구매자의 소소한 대치 상태를 보는 건 언제나 스릴이 넘친다.

　그 가운데에서도 신문을 파는 아저씨는 품격을 잃지 않았다. 어떤 흐트러짐도 없이 서 있다가 누군가가 부르면 조용히 다가가 신문을 건넸다. 그때도 절대 허리를 굽히지 않았다. 열차 위에서 본 가장 도도한 상인이다.

여행 중 제일 재미있는 게 시장 구경인데 그 시장이 열차 안에 펼쳐지니 더 재밌었다. 초대도 안 한 집에 들어가 이것저것 참견하며 구경하는 재미라고나 할까. 게다가 역이 바뀔 때마다 품목도 바뀌어서 지루할 틈이 없었다. 상인들도 물건을 팔다 다음 역에 내릴 생각이면 좌석에 앉아 잠시 숨을 돌렸다.

어느 역은 기차역에 재래시장이 들어서 있었다. 기차가 슬슬 역을 지나는 순간 역에 앉아 있던 상인들이 쏜살같이 달려들어 창문에 대고 주력 상품을 흔들어댔다. 창문 사이로 물건과 돈이 오갔다. 역에서 즉석으로 물건을 매입해 기차에 뛰어오르는 상인도 있었다.

물론 작은 눈치 싸움이 일어나기도 했다. 같은 품목을 팔다 같은 칸에서 만나게 되는 이들의 자리다툼이다. 사과를 팔던 소년이 같은 칸에서 동종 업계 아저씨를 보자마자 눈을 내리깔고 다음 칸으로 넘어갔다. 찬물도 위아래가 있는 법, 경력에서 한참 꿀린 탓이다.

한참 지켜보니 가장 많이 팔리는 물건은 의외로 휴대폰에 삽입하는 유심칩이었다. 오랫동안 독재와 사회주의의 이중고를 겪던 미얀마도 이제 변화의 기지개를 켜고 있다는 증거다. 하지만 그 유심칩이 들어갈 휴대폰은 아직도 한참 구식이다. 유심칩이란 친구는 구경도 못해봤을 폴더폰이나 무전기만 한 휴대폰을 들고 다니는 사람들도 많았다.

점심시간이 되어 출출했는데 마침 메추리 알 상인이 내 앞에 판을 벌였다. '하우 머치?'를 알아들을 양반은 아닐 것 같아 말없이 500짯 지폐 한 장을 건넸다. 400원이 조금 넘는 돈이라 예닐곱 개만 주면 좋겠다 생각했는데 웬걸, 메추리 알을 양손에 한 움큼씩 집어 내게 건넸다. 족히 스무 개는 넘어 보였다. 대충 끼니를 때우고도 남을 양임에도 현지인에게는

나보다 더 많이 주겠지, 라고 생각하는 나는 천상 깍쟁이 배낭여행자다.

한참을 돌고 다시 보는 듯한 풍경이 펼쳐질 때쯤 장바구니를 든 두 여인이 열차에 올라탔다. 그러곤 자리를 잡고 신발을 떡 벗더니 돌아앉아 창틀에 엎드려 잠을 자기 시작했다. 그 모습을 가만히 바라보니 나도 솔솔 잠이 오기 시작했다. 눈을 감았다. 그런데도 왁자지껄한 열차 안의 풍경이 생생하게 그려졌다. 나는 눈을 다시 뜨는 대신 빠르게 머릿속 타자기를 두드려 다음과 같이 적었다.

'가장 보통의 삶은 오래된 열차 안에 있다. 짐보다 무거운 일상의 무게를 짊어진 평범한 이들이 쉴 새 없이 뛰어 올라온다. 덜컹거리는 열차만큼이나, 요동치는 손잡이만큼이나 그들의 하루도 이리저리 흔들린다. 그야말로 삶의 순환 열차다.'

딱 하루만 평범했으면

# 열기구는 나의 꿈

　　　　　　　　이번 여행을 통틀어 가장 기대했던 곳이 바로
고대 도시 '바간'이다. 거창한 이유는 없다. 미얀마 가이드북 표지 사진
에 매료되었기 때문이다. 해 뜰 무렵, 붉은빛을 머금은 바간의 사원들 위
로 열기구가 총총히 떠오르는 이미지였는데, 이 한 장의 사진이 겁도 없
이 내 심장에 손을 대고 말았다. 썸을 타기도 전에 바간과 사랑에 빠진 나
는 시도 때도 없이 바간에서 열기구를 타는 상상을 했다. 건기가 시작되
는 10월이 되어야 열기구 비행이 가능하다는 정보 때문에 나는 무슨 일
이 있어도 10월엔 바간에 있어야 한다고 생각했다. 그만큼 바간의 열기
구는 이번 여행의 뮤즈였고, 나의 여정의 중요한 축이었다.

　　바간에서의 공식적인 첫 일정은 당연히 열기구 투어 예약이었다. 예약
사무소에 들어서자 열기구 사진으로 뒤덮여 있는 벽부터 눈에 들어왔다.
사진이 워낙 커서 가이드북 표지나 모니터로 보던 것보다 훨씬 멋졌다.
좋아하는 가수의 공연 포스터라도 본 것처럼 과도한 엔도르핀이 분출되

어 충격적인 투어 가격을 듣고도 실실 웃음만 나왔다. 사진 촬영까지 포함해 360달러. 40만 원에 가까운 금액이었지만 화끈하고 폼 나게 지갑을 열었다. 그러곤 결제 방법에 대한 직원의 안내가 끝나기도 전에 결제기에 카드를 꽂았다. 예약 확인서를 가슴에 품고 돌아서면서 눈을 한 번 감았다가 뜨는 순간 내일이 왔으면 좋겠다고 생각했다. 아쉬운 대로 나는 내일이면 '발아래' 펼쳐질 풍경을 지상에서 먼저 만나보기로 했다.

고대 사원이 즐비한 '올드 바간'은 푸른 대초원 위로 사원과 탑이 물결처럼 넘실대는 곳이다. 현재 2000개가 훌쩍 넘는 크고 작은 사원이 바간에 흩뿌려져 있다. 이 사원들은 미얀마 최대의 제국을 건설했던 바간 왕조의 작품이다. 바간 왕조는 약 1000년 전, 미얀마를 최초로 통일한 뒤 200여 년 동안 광적으로 사원과 탑을 건설했다. 그 숫자가 전성기 시절에만 5000개가 넘었다고 전해지나 외세의 침략과 지진 등으로 지금은

절반 가까이만 남아 있다. 숨바꼭질하듯 종일 초원 위를 뛰어다녔다. 황금빛 탑을 가진 거대한 사원도, 이름조차 없는 돌무더기 탑도 똑같이 나를 설레게 했다. 내일이면 지금 발자국을 찍는 모든 곳을 하늘에서 내려다볼 수 있다니! 마음이 먼저 하늘로 두둥실 날아올랐다.

  새벽 4시 반, 시끄러운 알람 소리에 쾌재를 부르며 잠에서 깼다. 살면서 간곡하게 새벽 알람 소리를 기다리는 날이 며칠이나 될까?
  일출 시간에 맞춰 시작되는 열기구 투어를 위해 여전히 깜깜한 새벽 5시 즈음 깜찍하게 개조된 미니버스 한 대가 숙소 앞에 도착했다. 열댓 명의 승객들이 눈동자를 반짝이며 서로에게 인사를 건넸다. 눈도 제대로 떠지지 않을 꼭두새벽임에도 낯선 이에게 흥겨운 인사를 건넬 수 있는 힘은 당연히 열기구를 타러 간다는 기대와 흥분이다.
  열기구 출발 지점은 이미 열기구 투어객으로 가득 차 있었다. 다들 입이 귀에 걸려 있어 마치 누군가의 팬 미팅 현장에 온 것 같았다. 여행사 직원들이 바지런히 돌아다니며 열두 명 단위로 팀을 짰다. 내가 합류한 팀에는 서양 어르신들이 많았다. 아무래도 비싼 투어 비용 때문인지 비교적 여유롭게 은퇴 여행을 즐기고 있는 서양 노부부가 많았다. 여행사에서 제공하는 따뜻한 커피와 쿠키를 즐기며 담소를 나누고 있을 때 우리의 캡틴 리처드가 환한 미소를 지으며 다가왔다. 농담을 던질 때는 한없이 부드러웠지만 탑승 시 주의사항을 안내할 때는 단호했다. 한 명이 잘못하면 다 같이 위기를 겪을 수 있다며 금기 사항과 비상시 대처 요령에 대해 자세하게 설명했다. 중요한 내용이었지만 어서 열기구에 오르고 싶은 마음뿐이어서 그의 말이 귀에 들어오지 않았다. 해가 떠오르려는지 주변이 조금씩 환해졌다. 그리고 바로 그때, 열기구 본체가 내 눈과 마음에 사정없이 들어왔다!

"와아!"

나도 모르게 외마디 비명을 질렀다. 비행을 준비 중인 열기구들이 벌판을 가득 채우고 있었다. 그렇게 열렬히 짝사랑만 하던 열기구가 내 앞에 있다니! 온몸에 전율이 일었다. 아드레날린이 솟구쳐 열기구 없이도 날아오를 수 있을 것 같았다. 내 인생 첫 열기구다. 흥분의 정도가 후반전 추가 시간에 역전골을 터뜨린 축구 선수 수준이었다. 일출이 임박하자 열기구를 띄워줄 보조 요원들이 열기구 근처에 배치됐고, 안전 요원들과 여행사 스태프들이 일사불란하게 움직였다. 마지막으로 풍향과 기상 상태 체크를 위해 작은 풍선을 하나 띄워 올렸다.

모든 준비는 끝났고 이제 날아오를 시간이다. 나도 모르게 어르신들을 제치고 선두에 섰다. 그런데 갑자기 열기구 기장들이 긴급회의에 돌입했다. 생각보다 회의는 길어졌고 심각한 표정의 리처드가 우리 쪽으로 걸어왔다. 불길한 예감이 들었다. 팀원을 불러 모은 그가 입을 열었다.

"불행하게도….."

아, 안 돼! '불행하게도'로 시작된 대사는 절대 해피엔딩으로 끝날 수 없다. 아니나 다를까, 리처드의 마지막 대사는 "진심으로 사과드립니다."였다. 멀리 보이는 구름에 강한 기류가 형성되어 충돌 시 추락의 위험이 있단다. 그는 안전을 위한 조치니 양해해달라며 모든 일정을 단번에 취소했다. 머리가 쩍쩍 갈라지는 느낌이었다. 너무나 격렬하게 충격을 받아 현실을 부정하는 상태가 오랫동안 이어졌다. 평생 염원했던 해외 아티스트의 내한 공연이 눈앞에서 취소된 것 같았다.

다시 숙소로 돌아갈 때가 되어서야 겨우 현실을 자각했다. 새벽의 흥분은 어디로 가고 미니버스엔 적막만이 감돌았다. 가슴이 미어졌지만 이대로 포기할 수도 없고 포기할 나도 아니었다. 열기구 예약 사무소 개장 시간까지 뜬눈으로 버텼다. 전액 환불과 일정 변경, 두 가지 선택권이 있었는데 당연히 후자를 골랐다. 열기구를 타지 않고는 바간을 떠날 수 없었다. 아쉽게도 다음 날 예약은 이미 마감된 상태라 이틀 뒤의 비행을 예약하고 터벅터벅 사무실을 나왔다. 그래도 아쉬움이 남아 밥집 사장님에게 내일 새벽 지상에서 열기구 비행을 관람할 수 있는 '일출 투어'를 신청했다. 일분일초가 너무 느리게 지나갔다.

다음 날, 어김없이 새벽 4시 반에 눈이 떠졌다. 일출 투어 준비를 위해 몸을 일으키려는데 무언가 싸한 기분이 들었다. 본능적으로 숙소를 박차고 밖으로 나갔다. 맙소사! 하늘에서 폭우라는 표현으로도 모자란 '물 폭

탄'이 쏟아지고 있었다. 밥집 사장님은 당연히 모습을 드러내지 않았다. 연이틀 새벽 댓바람부터 멘붕이다. 하늘이 원망스러웠지만 긍정적으로 생각하기로 했다.

'오늘 열기구 투어를 신청했으면 어쩔 뻔했어. 오히려 오늘 예약이 꽉 찬 걸 다행으로 생각하자.'

그리고 다음 날. 이번에는 내가 눈을 뜨기도 전에 누군가가 방문을 두드렸다. 벌떡 일어나 문을 여니 숙소에서 잡일을 하는 꼬마가 나를 올려다봤다.

"오늘 비가 와서 열기구 안 뜬다고 전화 왔어요."

그 말이 끝나기가 무섭게 폭발음에 버금가는 천둥이 쳤다. 꼬마가 움찔하더니 아무 일도 없었다는 듯 계단을 내려갔다. 아무 일이 없기는… 이번 여행에서 이보다 더 큰 일은 없거늘…. 도저히 현실을 인정하고 싶

지 않아 '설마!'를 외치며 옥상으로 뛰어 올라갔다. 전날 못지않은 대폭우가 쏟아지고 있었다. 떨어지는 빗방울, 귀에 내리꽂히는 천둥 번개 소리, 비릿한 비 냄새. 시각, 청각, 후각, 모든 감각이 비가 오고 있다는 사실을 인지하고 있었지만 이 감각을 관장하는 뇌가 '이건 사실이 아니야!'라고 외쳐댔다. 감각과 이성이 완전히 따로 놀고 있었다.

　나는 충격을 넘어 극도의 패닉에 빠졌다. 실망감을 압살할 만큼의 절망감이 맹렬히 달려들었다. 퍼석하게 굳어버린 기대감이 바늘이 되어 온몸을 찌르는 것 같았다. 심한 두통이 밀려와 여행 중 처음으로 상비약 파우치를 꺼냈다. 타이레놀 한 알을 삼키고 잠을 청했다. 문득 깰 때마다 눈앞의 현실이 싫어 다시 베개 밑으로 머리를 처박았다. 꿈에서도 열기구 직원이 달려와 "No balloons today(오늘은 열기구가 뜨지 않아)!"라고 말한 후 사라졌다.

　　　　　　　　　　　　　　　　　　딱 하루만 평범했으면

날이 밝자마자 꿈에 등장했던 직원을 다시 마주했다.

"모레까지 예약이 꽉 찼어요. 그런데 그게 문제가 아니라 저희도 지난 4일 내내 열기구를 한 번도 못 띄웠어요. 아마 내일도 비 예보가 있어 또 취소될 것 같습니다."

잠깐 꾼 꿈은 예지몽이었다. 그리 오래 고민하지 않고 환불을 받았다. 오로지 열기구만 바라보며 바간에 남아 있을 수는 없었다. 하물며 3일 뒤에 열기구를 탈 수 있다는 보장도 없었다. 희망 고문만큼 정신 건강을 해치는 것도 없다.

환불 처리를 마치고 예약 사무소 바로 옆에 있는 여행사에 들러 내일 아침 바간을 떠나는 버스를 예매했다. 쓰라린 마음을 달래기 위해선 아픔을 준 바간을 떠나는 수밖에 없다.

한데 놀랍게도 다음 날 새벽 4시 반에 저절로 눈이 떠졌다. 혹시나 해서 밖으로 나가봤다. 허망하게도 날이 맑았다. 잠시 고민했다. 바간을 떠나는 버스 시간은 9시. 그래, 시간이 있으니 날아오르는 열기구라도 구경하자.

바간의 일출 명소로 유명한 '불레디' 사원으로 향했다. 숙소에서 도보 30분 거리의 사원인데 곧 해가 뜰 것 같아 전력으로 질주했다. 뜨는 열기구만 보면 된다는 생각으로 미친 듯 달리고 있는데… 비가, 이 망할 놈의 비가 또다시 쏟아지기 시작했다.

"도대체 나한테 왜 이러는데! 내가 뭘 그렇게 잘못했냐고!"

그렇게 분노 조절에 실패한 한국 청년은 비를 쫄딱 맞으며 하늘에 대고 육두문자를 쏘아 올렸다고 한다. 이번 여행에서 가장 기대했던 바간. 밝고 경쾌하게 시작했던 바간은 눈물 없이 볼 수 없는 신파극으로 막을 내렸다.

딱 하루만 평범했으면

# 눈앞에 두고도
# 볼 수가 없었다

열기구 '폭망'의 후유증은 꽤 오래갔다. 바간을 떠난 뒤 사나흘이 지나도록 계속 생각났고 그때마다 어김없이 아쉬웠다. 바간에서 맞은 뺨을 보듬어준 건 '핀우린'이었다. 해발 1000미터에 자리한 고산 도시라 시원하고 쾌적했다. 자연의 품에 안겨 트레킹을 하고 폭포 구경을 하며 마음을 추스르니 다음 여행지로 떠날 기운이 생겼다.

인터넷을 뒤적이다 '시포'라는 마을로 향하기로 했다. 엄밀히 말하면 시포가 목적이 아니라 시포로 가는 기차, 아니 그 기차가 지나갈 '곡테익 철교'를 보는 게 목적이었다. 곡테익 철교는 핀우린 북쪽에 위치한 곡테익 골짜기에 놓인 커다란 다리인데 그 높이가 97미터란다. 사진으로만 봤는데도 대협곡 사이에 아슬아슬하게 지어진 철교 위를 지나는 기차의 모습은 극적이었다. 가냘픈 다리가 무너져 내릴 것 같아 아찔했지만 보는 순간 여기다 싶었다. 1901년 미국 철강 회사가 건설한 철교였다는 건, 건설 당시 세계에서 두 번째로 높은 철교였다는 건 나중에 알게 되었다.

아침도 거르고 핀우린 기차역으로 향했다. 시포행 기차는 하루 한 편,

아침 7시 52분에 역으로 들어온다. 혹시라도 놓칠까 싶어 7시 반에 역에 도착했다. 하지만 매표 창구가 굳게 닫혀 있었다. 그 앞에는 서양 여행자가 제법 줄을 서 있었다. 나처럼 곡테익 철교 구경을 위해 모여든 여행자들이 분명했다. 핀우린에서 시포까지는 기차로 7시간, 버스로 3시간이 걸린다. 단순히 이동이 목표라면 기차를 탈 이유가 전혀 없다.

8시가 넘도록 기차는 둘째 치고 매표 창구조차 문을 열지 않았다. 어떤 안내도 없었지만 이건 100퍼센트 연착이란 소리다. 미얀마 기차는 예매 시스템이 없기 때문에 매표 창구가 열리길 기다리는 수밖에 없었다.

8시 반이 되자 인내심 없는 여행자들이 버스 터미널로 향했다. 나는 등교하는 미얀마 꼬마들을 보며 시간을 때웠다. 얼굴을 노란 '타나카'로 도배한 꼬마들이 병아리처럼 조잘대며 내 앞을 지나갔다. 타나카는 자연에서 추출한 천연 화장품으로 피부에도 좋을 뿐 아니라 선크림 역할도 하기 때문에 미얀마 여성의 90퍼센트 이상이 타나카로 얼굴을 덮는다.

아이들이 등교를 마친 9시가 되자 급격하게 지루해졌다. 어떤 안내조차 없어 답답해하고 있는데 드디어 영어를 할 줄 아는 역장이 나와 외국인 여행자들을 한곳에 불러 모았다. 뭔 일이 있긴 있구나, 감이 왔다. 기차가 많이 연착되어 12시에 도착할 예정이니 걱정 말고 편안하게 아침을 즐기고 오란다. 그럼 네 시간 연착이란 소리인데 역장이 너무 태연히 선심 쓰듯 이야기를 해서 몇몇만 동요할 뿐 누구도 토를 달지 못했다.

기차가 늦는 건 딱히 화가 나지 않았는데 8시 기차를 타기 위해 7시에 일어난 건 화가 났다. 게다가 이미 체크아웃을 한 상태라 다시 숙소로 돌아가 두세 시간만 더 재워달라고 할 수도 없었다. 눈에 들어온 식당에 들어가 밥알을 한 알 한 알 씹어가며 최대한 느리게 밥을 먹고 카페에 앉아

졸 듯 말 듯 시간을 보내다가 11시 반에 기차역으로 돌아왔다. 그러자 역장 왈, 12시가 아니라 1시쯤 올 것 같단다. 역장에게 기가 막히다는 표정을 지어준 뒤 서양 여행자들과 영양가 없는 대화를 나눴다. 그리고 다시 1시. 직접 말하기 미안했는지 이번엔 역장이 매표 창구 옆 칠판에 기차 시간을 적어놓고 사라졌다.

'열차는 오후 3시 출발 예정입니다.'

이쯤 되니 역장이 우릴 놀리는 게 아닐까 싶었다. 끝까지 남아 있던 열댓 명의 여행자들은 깊은 분노를 참지 못하고 반상회를 개최했다. 나는 그 무리에서 빠져나와 그냥 대합실에 털썩 주저앉았다. 대책을 논의해봐야 기차가 3시에 온다는데 어쩌겠는가. 이젠 어떤 어려움이 와도 그러려니 했다. 이보다 더한 일도 겪었는데 뭐. 바간의 열기구가 선물한 쓸데없는 학습 효과다.

다국적 반상회가 끝났는지 단단히 화가 난 싱가포르 커플이 택시를 불렀고 독일인 세 명이 합류했다. 유럽에서 온 네 명의 여행자는 버스를 타겠다며 터미널로 향했다. 나는 오기로 버텼다. 이 상황에 날은 얼마나 맑은지 기차가 올 때쯤이면 마르겠단 생각에 화장실에서 양말과 모자를 빨았다.

어느새 양말이 빠삭하게 말랐는데도, 3시가 넘었는데도 기차는 오지 않았다. 정신 나간 사람처럼 멍하니 기찻길을 바라봤다. 낯익은 꼬마가 내 앞을 지나갔다. 아침에 타나카를 바르고 등교하던 꼬마다. 꼬마의 등교 시간에 역에 왔는데 이제 하교 시간이다. 학생들의 등교 장면과 하교 장면을 같은 곳에서 보는 건 태어나서 처음이다. 기차 연착 때문에 별 경험을 다 해본다.

3시 반이 되니 존재조차 잊고 있던 매표 창구가 열렸다. 기차가 오긴 오는구나. 표를 사고 잠시 더 기다렸다. 상상 속의 동물처럼 느껴지던 기차가 4시에 도착했다. 하지만 화물칸과 좌석칸을 연결하고 점검하느라 역에 30분을 더 정차했다. 그렇게 야무지게 8시간 반을 연착한 기차가 드디어 출발을 알렸다.

출발한 지 한 시간도 되지 않아 해가 지기 시작했고, 곧바로 어둠이 찾아왔다. 그리고 저녁 8시쯤 기차가 불현듯 멈춰 섰다. 곡테익 철교에 도착했다는 신호다. 왼쪽에 앉아야 잘 보인다는 글을 읽고 기차 왼쪽에 앉았는데 왼쪽에서도 오른쪽에서도 곡테익 철교는 형태조차 보이지 않았다. 희미한 조명조차 없는 다리라 그저 암흑뿐이었다. 내가 이러려고 시포행 기차를 탔나 자괴감이 들었다. 미얀마에서 가장 높고 긴 다리가 바로 밑에 있는데 볼 수가 없었다. 혹자는 세계에서 가장 극적인 다리라고 했는데 코앞에 두고도 볼 수가 없었다. 기차는 5분가량 천천히 달리다 다시 속력을 냈다.

그저 '느낌'만으로 곡테익 철교를 경험했다. 기차는 뻔뻔하게도 밤 11시 45분 시포역에 들어섰다. 15분만 늦었으면 1박 2일 일정이 될 뻔했다. 핀우린이 어루만져주었던 뺨을 다시 시포에게 내어주고 만 셈이다.

# 빨래하는 날

시포에서 묵은 빨래를 했다. 딱히 대단한 목적
을 가지고 온 곳은 아니었다. (그놈의 곡테익 철교!) 늦잠을 자고 숙소 옥상
에 들어섰는데 빨래를 널던 숙소 아주머니가 그게 뭐든 개당 300원에 빨
래를 해주겠다고, 그것도 세탁기에 돌려주겠다고 했다. 아주머니가 빨래
를 널고 떠난 자리에는 향기로운 섬유 유연제 냄새만 남았다. 오랜만에
맡은 향기로 코끝이 간질간질했다.

　방으로 돌아와 배낭을 열었다. 땀내가 훅 달려들어 코끝에 매달려 있
던 섬유 유연제 냄새를 단번에 앗아갔다. 있는 옷을 죄다 꺼내 1층 카운
터로 내려갔다. 거렁뱅이 옷들도 섬유 유연제의 은혜를 입길 바랐다. 양
팔 가득 빨랫감을 가지고 내려오는 내 모습에 카운터에 있던 아주머니가
버선발로 뛰어나왔다. 신고 있던 운동화까지 들어 보였다. 손빨래를 해
줄 테니 900원을 달란다. 오케이. 곧 아주머니가 싱글벙글 웃으며 세탁
실로 사라졌다.

　이로써 강제 휴식이 시작되었다. 여행 중에는 잠시도 쉬지 않고 돌아

다니는 내가 완전히 여행을 멈추는 날은 운동화를 빠는 날, 말 그대로 발이 묶이는 날이다. 게다가 입고 있는 잠옷용 반바지와 민소매 티셔츠를 빼고는 모두 세탁기로 직행했으니 오늘은 입고 나갈 옷도 없다. 휘파람을 불며 옥상으로 올라갔다. 빨래 널기 딱 좋은 날씨였다. 콜라 한 캔을 꼴깍거리며 숙소 주변 풍경을 느긋하게 감상했다.

시포는 숲과 강으로 둘러싸인 곳이라 공기가 상쾌했다. 아예 옥상으로 노트북을 가지고 와서 블로그에 밀린 여행기를 올리고 한국 친구들의 SNS를 보며 낄낄거렸다. 그러다 배가 고파 잠옷 바람으로 숙소 옆 국숫집에 가서 500원짜리 국수 두 그릇을 해치웠다. 그리고 해가 가장 뜨거워졌을 때 방으로 돌아와 선풍기를 끌어안고 낮잠을 잤다.

똑, 똑, 똑.

창밖을 보니 어느새 해가 지고 있었다. 침을 닦고 문을 열었다. 아주머니가 건조까지 완벽히 끝낸, 곱게 접은 옷가지를 내 품에 안겼다. 별거 아닌데 기분이 날아갈 듯 좋았다. 먼저 운동화를 집어 들어 코에 대고 변태처럼 킁킁거렸다. 땀에 절고 또 절어 악취를 풍기던 운동화에서 꽃향기가 났다. 남들이야 내 발에서 물러나면 그만이지만 나는 발버둥을 쳐봐

도 내 발과 180센티미터 이상 떨어질 수 없기에 신발을 벗을 때마다 고통이었다. 하지만 앞으로 며칠은 그 고통에서 완전 해방이다. 운동화는 빨기도 힘들거니와 말리기는 더 힘들기에 오늘은 진짜 계 탄 날이다. 티셔츠도 바지도 하나씩 품에 안고 연신 들숨을 쉬었다.

잠시 후.

향기 나는 청바지를 입고 향기 나는 반소매 티셔츠를 입고 향기 나는 운동화를 신었다. 그리고 옥상에서 오후 내내 고민하며 결심한 일을 행동에 옮기기 위해 숙소를 나섰다.

10분 후 도착한 버스 회사. 버스 시간표를 찬찬히 살피다가 직원에게 말했다.

"바간으로 가는 버스표 한 장 주세요."

표를 사는 건 간단했다. 그런데 기분이 미묘했다. 어제까지만 해도 내 손에 들어오리라 생각지 않았던 바간행 버스표를 한참 동안 들여다보았다. 마치 나를 매몰차게 버린 여인에게 다시 돌아가는 것 같은 기분이었다.

딱 하루만 평범했으면

# 돌아오지 않았다면
# 어쩔 뻔했나?

바간 열기구에 대한 미련이 계속해서 나를 괴롭혔다. 찬밥 더운밥 가릴 때가 아니었다. 바간으로 역행하는 밤 버스는 편안한 여행자 버스가 아닌 혼돈의 로컬 버스뿐이었다. 심지어 내가 탄 버스는 달릴 수 있을까 싶은 낡은 버스였는데, 하필이면 등받이 조절 레버가 부러져 뒤로 180도 젖혀지는 좌석이 내 앞 좌석이었다. 하는 수 없이 나는 내 가랑이 사이로 쓰윽 드러나는 낯선 청년의 얼굴을 바라봐야만 했다. 게다가 옆에 앉은 덩치 큰 아저씨는 자리에 앉자마자 코로 천둥소리를 연주하는 마법을 부려 나의 정신을 쏙 빼놓았다.

모두가 잠든 새벽 4시 반. 나 홀로 눈을 말똥말똥 뜬 채 똥 마려운 강아지처럼 발을 굴렀다. 어제 저녁 7시에 시포를 떠났으니 벌써 열 시간 가까이 완벽한 각성 상태다.

버스 회사 직원의 말로는 새벽 5시에서 6시쯤 바간에 도착한다고 했다. 한 시간 차이지만 지금 나에게 새벽 5시에 떨어지느냐, 6시에 떨어지느냐는 하늘과 땅 차이였다. 5시에 도착하면 열기구가 출연하는 일출 감상에 도전할 수 있고, 6시 이후에 도착하면 그 모든 게 물 건너간다. 미얀마 비자 만료가 다가오고 있었기 때문에 바간에 투자할 수 있는 시간은 딱 이틀뿐. 기왕이면 5시 즈음 도착해 제발 한 번만이라도 더 일출 구경에 도전할 수 있기를. 나는 로또 번호를 확인하듯 온 신경을 모아 지도 어플에 시선을 고정했다. 내가 지금 어디쯤인지 실시간으로 알아야 마음이 놓였다. 버스가 속도를 늦출 때는 가슴이 조마조마했다.

그런 나의 노력이 가상했는지 아니면 불쌍했는지 버스는 5시 15분쯤 바간 버스 터미널에 도착했다. 이래저래 아슬아슬한 시간이었다. 버스가 멈추는 순간, 발사된 로켓처럼 쏜살같이 버스 앞으로 뛰어나갔다. 보통 버스 터미널에 도착하면 택시 기사를 피하거나 택시비를 물으며 간을 보는데 이번엔 내가 먼저 택시에 달려들었다. 흥정이고 뭐고 무작정 올드 바간을 외쳤다. 몸은 현재에 있는데 마음은 미래에 있었다. 택시 기사에게 거침없이 랩을 하듯 '빨리빨리!'를 외쳤다. 올드 바간에 도착하기도 전에 해와 열기구가 뜰까 봐 눈에 뵈는 게 없었다.

생난리를 친 덕에 극적으로 일출 전에 사원 구역에 도착할 수 있었다. 일주일 전과는 달리 비는 오지 않았다. 일출을 보기 위해 몰려든 여행자들이 여기저기 널린 사원 위로 기어 올라가고 있었다. 나도 잽싸게 한 사원 위로 기어올랐다. 모두가 숨을 죽인 채 한마음 한뜻으로 태양이 맹렬히 타오르기를 응원했다.

해뜨기 직전이 되니 1분 단위로 빛의 세기가 달라졌다. 초원 위로 붉은빛이 아지랑이처럼 피어오르기 시작했지만 구름이 슬그머니 시야에 껴들었다. 아… 끝내 태양은 나를 외면하는구나. 열기구의 모습도 보이질 않았다. 어렵게 다시 왔는데 또 실패였다. 비통함에 잠긴 채 일어섰다.

딱 하루만 평범했으면

50퍼센트의 확률이 허망하게 공중 분해되었다. 실낱같은 마지막 희망을 '내일'에 거는 수밖에.

나처럼 마음을 접은 여행자들이 하나둘 자리를 털고 일어났다. 바로 그때였다. 여전히 탑 위에 앉아 있던 여행자들이 절규에 가까운 비명을 지르기 시작했다. 누군가 탑에서 떨어진 줄 알고 깜짝 놀라 주변을 살폈다. 한 여행자가 손가락으로 가리킨 곳을 눈으로 좇았다.

"헉!"

모두가 열광하며 동물처럼 울부짖었지만 나는 목이 턱 막혀 아무런 소리도 내지 못했다. 대초원 끝의 지평선이 시뻘건 태양을 토해내고 있었다. 이제 막 태어난 싱싱한 태양이 온 힘을 다해 하늘 위로 떠올랐다. 조금의 흠도 없는 완전무결한 일출이었다. 태양이 지평선에 반쯤 걸리자 자신이 머금었던 붉은빛을 바간 대초원에 흩뿌렸다. 그러자 어둠 속에 잠들어 있던 수백 수천 개의 사원들이 서서히 모습을 드러냈다. 그와 동시에 열기구가 찬연한 비상을 시작했다. 도저히 피할 수 없는 강력한 한 방이었다. 황홀함에 소름이 끼쳤다. 얼굴은 웃고 있었지만 마음은 눈물을 훔쳤다.

'지금 여기서 나보다 더 극적으로 이 장면을 만난 사람은 없을 거야.'

일주일을 돌고 돌아 다시 달려든 나를 바간이 두 팔 벌려 품었다. 다시 돌아오지 않았으면 어쩔 뻔했나? 모든 것이 완벽하게 어우러진 바간의 일출 풍경은 괜히 세계 최고라 불리는 게 아니었다. 전설의 화가들이 환생해도 절대 표현할 수 없는 장면이었다. 지금 이 순간만큼은 눈이 100개였으면 좋겠다고 생각했다. 두 눈으로만 담기엔 이 모든 장면이 아깝고 벅찼다. 이번 여행에서 이보다 더 감동적인 순간이 있을까, 생각했다.

그런데 바간은 그 순간을 바로 다음 날 만들어주었다.

일출 투어를 끝내고 혹시나 하는 마음에 열기구 투어를 신청하러 갔는데 역시나 이미 마감이었다. 하지만 일주일 만에 돌아온 나를 딱히 여긴 직원이 자신의 재량으로 한 자리를 내어주었다. 5일 동안 실패만 거듭했던 바간. 그러나 다시 돌아와 마지막으로 짜낸 단 이틀 만에 일출과 열기구 두 마리 토끼를 다 잡았다.

다음 날 새벽 5시, 귀여운 미니버스가 숙소 앞에 도착했고, 팀원들과 열기구 출발 지점에 모여 다과를 나눴다. 기장이 연설을 했고, 기상 체크를 위한 풍선이 떠올랐다. 이미 다 아는 내용이었다. 하지만 이번에는 아무런 반전 없이 그다음 단계가 이어졌다. 그토록 꿈꾸고 염원했던 열기구에 몸을 실은 것이다! 전날 본 일출의 감동이 가시기도 전에 그 풍경 위로 날아오를 시간이 되었다. 다리가 덜덜 떨렸다. 무서워서가 아니라 감격스러워서.

드디어 인생 첫 열기구가 바간의 대지를 박차고 박력 있게 솟구쳤다. 붉은 해도 경쟁하듯 온몸을 불사르며 떠올랐다. 형형색색의 열기구와 대초원, 그 틈을 빼곡하게 채운 사원, 바간을 가로지르는 이라와디강이 전율을 안겼다. 이러다 닭이 되는 게 아닐까 싶을 정도로 계속 닭살이 돋았다.

올라갈 수 있는 최대 정점을 찍자 발아래로 거대한 사원의 바다가 펼쳐졌다. 물방울이 모이고 모여 바다가 되듯 엄청난 양의 사원이 모이고 모여 사원의 바다를 만들어냈다. 해가 조금씩 고도를 높이니 주홍빛으로 반짝거리던 수많은 사원들이 시시각각 색을 바꿨다. 빛이 반사되는 각도에 따라 붉은색으로, 혹은 노란색으로…. 황금 장식을 두른 커다란 사원들이 빛을 받은 보석처럼 현란하게 반짝였다. 그 탑 위에 선 여행자들이 열기구를 향해 손을 흔들었다. 그들은 바로 어제의 나였다.

'해냈다, 태원준! 날았다, 열기구!'

불과 열흘 전만 해도 바간에게 버림받고 모든 것을 잃은 남자였는데 이제 바간에서 모든 것을 이룬 남자가 되었다. 바간에서의 드라마는 극적으로 반전되었다. 결국은 해피엔딩이었다.

딱 하루만 평범했으면

# 용광로 같은 도시, 다카

　　　　　　한 치의 오차도 없는 완벽한 대혼란의 향연. 단 5초도 한 곳에 시선을 고정할 수 없는 혼돈의 공간. 앞으로 '정신없다'라는 표현은 함부로 쓰지 말라는 생각을 던져주는 도시, 혼란과 혼돈이 뒤섞여 혼을 쏙 빼놓는 도시가 바로 방글라데시의 수도 '다카'다.

　오랫동안 여행자로 살아왔기에 여행 하면 소위 방귀 좀 뀐다는 베테랑이 주변에 많다. 120개국을 넘게 여행한 친구도 있고, 2년간 쉬지 않고 세계 여행을 이어간 친구도 있다. 하지만 그 날고 긴다는 친구들 중에서도 방글라데시에 가봤다는 사람은 한 명도 없다. 그래서인지 다카로 향하는 비행기 안에서 설렘과 두려움을 동시에 느꼈다. 고수들도 끝내 넘지 못한 끝판왕을 깨러 가는 기분이랄까?

　기내식을 우적거리며 미리 수집한 방글라데시 정보를 탐독했다. 유독 눈에 띄는 정보는 인구였다. 미얀마와 인도 사이에 있는 이 작은 나라는 면적이 세계 100위 언저리였는데 인구가 세계 8위였다. 크기로 따지면 러시아의 100분의 1도 안 되는 방글라데시의 인구가 러시아보다 2500만 명이나 많은 1억 7000만 명이었다. 마카오나 모나코 같은 초소형 도시 국가를 제외하면 당연히 세계에서 인구 밀도가 가장 높은 곳이다. 열댓 명이 콩알만 한 소형차 '티코'(이 차를 기억하는 이들은 아무리 어려도 1980년대생일 것이다!)에 몸을 구겨 넣은 것과 다름없다.

택시 기사가 나를 내려준 곳은 다카의 도로 위였다. 살면서 봤던 모든 탈것이 도로 위에 있었다. 버스, 택시, 승용차 등 일반적인 차량은 물론 오토바이 택시와 자전거, 인력거, 마차, 수레, 소달구지가 뒤엉켜 있었다. 그리고 그 틈을 시민들이 무질서하게 헤집고 다녔다. 인간과 동물, 각종 기계가 동시에 뿜어내는 뜨거운 열기에 짓눌려 단 한 발자국을 떼는 것도 버거웠다. 도시는 용광로처럼 펄펄 끓고 있었다. 더 놀라운 건 한낮이 아니라는 사실이었다. 자정에 가까운 시간이었다.

창밖에서 들려오는 엄청난 소음에 잠에서 깼다. 이불을 뒤집어써도 날카로운 경적 소리가 집요하게 귓속을 파고들었다. 졸린 눈을 비비며 창밖의 도시를 내려다보았다.

'아… 꿈이 아니었구나!'

창밖의 도시는 전쟁통을 방불케 했다. 두 눈동자에 동시에 맺힌 피사체가 이렇게 많은 적이 있었을까. 간밤에 숙소를 찾아 헤매며 세상에 이보다 더 혼잡한 도시가 있을까 싶었는데 아침의 다카는 간밤의 내 생각을 비웃으며 그보다 두 배는 더 혼란스러운 모습을 드러냈다. 이렇듯 혼잡도 면에서 다카를 뛰어넘을 수 있는 도시는 오직 다른 시간대의 다카였다. 이것이야말로 진정한 자신과의 싸움! 기를 쓰고 찾아보아도 이 도

시에 '빈 공간'은 존재하지 않았다.

시커먼 매연을 뚫고 도심 한가운데로 빨려 들어갔다. 눈앞에 펼쳐지는 온갖 교통 수단의 조합에 정신이 하나도 없었다. 우리나라 명절의 교통 정체를 한참 비웃고도 남을 극악의 교통 체증이었다. 우리로 따지면 다카 시내는 1년 내내 설날이고 추석이었다. 그 어떤 차량도 1분에 10미터를 가지 못했다. 끼어들기는 기본이요, 들이밀기는 애교였다.

날이 밝으니 도로와 인도의 경계도 무너졌다. 인도 위로 오토바이와 나귀 마차가 천연덕스럽게 진입했다. 덩치 큰 '릭샤'도 급하면 인도 위로 튀어 올라왔다. 릭샤는 자전거 뒤에 두 사람 정도가 탈 만한 작은 수레를 연결한 인력거로, 방글라데시에서 가장 흔한 대중교통이다. 그런데 이 릭샤가 도로 혼잡의 주범이었다. 사람이 페달을 밟아 움직이는 거라 당연히 느릴 수밖에 없었고, 자동차처럼 방향 지시등이나 정지등이 없어서 도통 어디로 튈지 알 수가 없었다. 론리플래닛 가이드북에 의하면 이 럭비공 같은 릭샤가 다카 시내에만 50만 대가 돌아다닌다고 한다. 세상에, 사람 50만 명이 모여도 혼이 빠질 텐데 릭샤가 50만 대라니! 더군다나 릭샤 기사들은 자신이 믿는 신이나 좋아하는 인물을 수레에 그려 놓았다. 서울의 택시처럼 두세 가지 색으로 통일된 게 아니라 빨주노초파남보 불규칙적인 원색의 그림들이 도로에 그득한 것이다. 그 때문에 도로만 보고 있어도 눈이 핑핑 돌아갈 지경이었다. 릭샤의 손님들도 보통이 아니었다. 보통 두 명이 정원인 릭샤에 네댓 명의 가족이 함께 타기도 했고, 짐을 탑처럼 쌓아 올린 뒤 그 꼭대기에 아슬아슬하게 앉아 가기도 했다.

끝없이 이어지는 릭샤의 물결에 얼이 빠져 있는데 갑자기 교통경찰이 도로 위로 뛰어들었다. 드디어 교통정리를 하는가 보다 했는데 그 방법

딱 하루만 평범했으면

이 살벌했다. 버스가 눈에 띌 때마다 길쭉한 몽둥이로 버스 뒷부분을 사정없이 후려쳤다. 현지 버스는 손님을 한 명이라도 더 태우려고 최대한 느리게 달렸다. 이게 또 교통 체증의 원인이 되니 애꿎은 버스 꽁무니에 회초리를 드는 것이다. 그래선지 눈에 보이는 모든 버스의 뒷부분이 예외 없이 움푹 패 있거나 긁혀 있었다.

인도와 차도의 경계가 없는 골목에도 개미 한 마리 껴들 틈이 없었다. 특히 수레가 압권이었는데 사람 몸뚱이보다 큰 짐을 열댓 개씩 쌓아 올리고 질주했다. 건물이 걸어 다닌다고 생각하면 된다. 단순히 '혼잡함'만으로 주눅을 들게 하다니, 다카는 정말 놀라운 도시다.

세계 최대의 여객 터미널로 알려진 '사다르가트 선착장'도 혼잡하기 이를 데 없었다. 괜히 세계 최대겠는가? 도시를 관통하는 부리강가강에 있는, 길이만 4킬로미터에 이르는 강변 항구에 하루 10만 명 이상이 몰려들었다. 그들이 그게 무엇이든 동시에 같은 동작을 취하면 무조건 그 부문 기네스북에 오르고도 남을 것이다. 적어도 다카에선 '수백' '수천' 정도는 우스운 수치임이 틀림없다.

부리강가강은 다카의 도로를 물 위로 옮겨놓은 것 같았다. 버스 대신 커다란 3층짜리 여객선이 즐비했고 릭샤를 대신한 나룻배도 수천 대였다. 선착장은 바지런히 뛰어다니는 과일 장수, 과자 장수, 물 장수 들로 빼곡했다. 정박한 거대한 여객선 사이의 작은 틈은 보트에 물건을 실은 수상 매점이 채웠다. 다카에 없는 건 '틈'이라는 사실이 물길에서도 증명되었다.

누군가 내 팔을 끌어당기다가 외국인이란 걸 알고는 당황스러워했다. 여객선 직원이었다. 여객선에서 흘러나온 직원들이 서로 자신의 배에 타라고 사람들을 이리 끌고 저리 끌며 경쟁하는 모양이었다. 그들의 손에 이끌려 별의별 걸 다 이고 지고 끌고 배 위로 뛰어오르는 승객들. 배는 1분도 되지 않아 콩나물시루로 변했다. 여객선마다 족히 천 명은 넘게 올라타는 것 같았다. '지옥철'이라 불리는 우리나라 출퇴근길의 지하철도 여기에 비하면 한적한 신선놀음 판이다.

정말 모든 것이 동시에 쉬지 않고 움직이는 곳. 땅과 강, 어디서든 활기가 넘치다 못해 펄펄 끓어오르는 곳. '용광로'라는 표현이 딱 들어맞는 곳. 바로 다카가 그런 곳이었다. 이 도시에선 절대로 심심할 일은 없을 것이다. 역시나 끝판왕의 스케일은 달랐다.

딱 하루만 평범했으면

# 환전, 미션 임파서블

어떻게든 환전을 해야 했다. 새로운 나라에 떨어지면 으레 하는 일이라 어렵지 않게 생각했다. 하지만 해외 관광객이 드물어선지 다카 시내에 환전소가 없었다. 세상 모든 게 꽉꽉 차 있을 것 같은 다카에 환전소가 없다니…. 이럴 줄은 꿈에도 모르고 공항에서 최소한의 금액만 환전해 온 터였다. 하는 수 없이 발품을 팔며 현지 은행을 찾았다. 하지만 가는 곳마다 환전 업무를 하지 않았다. 애타는 내 속도 모르고 은행 직원이며 청원 경찰들이 돌아서는 나를 붙들고 끊임없이 질문을 던졌다.

"어느 나라 사람이에요?"

"여기는 왜 왔어요?"

"방글라데시 재미있어요?"

….

그들 중 기념사진을 요청한 이들도 있었다. 물론 그들의 따뜻한 호기심은 고마웠지만 내게 당장 필요한 건 방글라데시 통화인 타카(Taka)였다.

수소문 끝에 환전이 가능하다는 국제 은행 주소를 알아냈다. 먼 거리는 아니었지만 다카의 미로를 헤쳐 나갈 자신이 없어 릭샤를 이용하기로 했다. 인도와 차도에 각각 한 발씩 걸치고 수줍은 소녀처럼 손을 흔들었다. 기사 몇 명이 내 앞에 섰다. 하지만 다들 영어를 할 줄 몰랐고, 내가 말하는 은행 이름도 알아듣지 못했다.

"어디 가세요?"

강처럼 흐르는 온갖 차량에 기가 질려 휘청거리고 있을 때 영어를 할 줄 아는 청년 둘이 다가왔다. 화성에서 지구인을 만난 것처럼 반가웠다.

"HSBC 은행에 가려고 하는데 여기가 어디인지 알겠어요?"

나는 지도 앱을 보여주며 도움을 청했다. 주소를 찬찬히 살펴보던 둘은 나 대신 릭샤를 잡기 시작했다. 한 릭샤 기사가 우리 앞에 멈춰 섰다. 알아들을 수 없는 말들이 오가다가 갑자기 고성이 튀어나왔다. 청년들이 길길이 날뛰며 기사에게 야유를 퍼부었다. 그들의 기세가 기사를 한 대 칠 판이었다.

"무슨 일이에요?"

내가 깜짝 놀라 물었다.

"저 사기꾼 같은 기사가 말도 안 되는 가격을 부르잖아요!"

아니, 그럼 내가 언짢아야 하는데…. 고맙게도 그들은 나에게 완벽히 빙의하여 나보다 더 화를 냈다. 청년들은 그 뒤로도 기사들과 실랑이를 벌였고 가격이 마음에 들지 않는다며 답답해하더니 적정 금액을 알려주며 자리를 떠버렸다.

'아, 이렇게 성질을 내고도 여행자를 감동시킬 수 있구나!'

기묘한 일이었다. 어설프게 다시 릭샤 잡기에 도전했다. 그런데 이번에는 아저씨 한 분이 나타났다. 그는 청년들과 마찬가지로 내가 탈 릭샤를 잡기 시작했고, 청년들처럼 직접 가격 협상에 돌입했다. 나는 아무것도 할 수 없어 그저 백치미를 뽐내며 배시시 미소만 지었다.

잠시 뒤, 세 명의 학생이 더 합류했다. 다카에는 차량만 가득한 게 아니라 따뜻한 마음을 가진 사람도 가득했다. 이렇게 도합 여섯 명이 수고해 준 덕분에 나는 겨우 은행으로 가는 릭샤를 '적당한' 금액에 잡을 수 있었다. 늘 '여행 중에는 현실적인 영웅이 등장해 우리를 돕는다.'라고 말하곤 하는데 딱 이번이 그랬다. 어쩔 줄 몰라 하는 내 앞에 히어로들이 줄줄이 나타났으니까.

다카에서의 첫 릭샤 탑승이었다. 릭샤 기사는 일흔이 넘어 보였다. 조금 달리다 보니 그의 앙상한 다리가 눈에 들어와 내 마음이 앙상해졌다. 그가 페달을 밟기 위해 일어설 때마다 미안한 내 마음도 일어섰다. 역시나 다카의 도로는 혼잡하기 그지없었다. 가다가 서다가를 반복하느라 2킬로미터가 조금 넘는 거리를 40분 걸려 도착했다. 노년의 릭샤 기사는 약속대로 50타카를 요구했다. 우리 돈 600원 남짓. 40분의 대가라기에는 초라한 금액이라 가지고 있던 잔돈을 조금 더 얹었다. 그러자 할아버지가 릭샤에서 내려 나를 껴안았다. 덕분에 내 티셔츠가 그의 땀으로 범

벽이 되었지만 싫지 않았다. 나의 첫 릭샤 기사는 거친 숨을 내쉰 뒤 힘차게 페달을 밟으며 다카의 도로 속으로 사라졌다.

이제 은행만 찾으면 된다. 지도를 보며 길을 찾는 건 그 누구보다 자신이 있었는데 다카의 미로 같은 골목은 나에게도 무리였다. 이리로 갔다가 저리로 갔다가를 반복하며 두리번거리고 있자 조금 전부터 나를 주시하고 있던 아저씨가 새로운 도우미를 자처하며 다가왔다. 아저씨는 은행이 있을 거라고 생각되는 곳으로 조금씩 이동하며 오가는 사람들에게 은행의 위치를 물었다. 그러면서 자신이 운영하는 이불 가게도 구경시켜주었다. 화사한 꽃무늬 이불이 마음에 들긴 했지만 나는 환전을 해야 했다. 아저씨가 나의 조급함을 읽었는지 다짜고짜 나를 건너편 구멍가게 안으로 들이밀었다. 이 동네 터줏대감이 산단다. 재미있는 건 멋진 수염을 가진 주인 할아버지가 마치 내가 올 것을 알았다는 듯 나를 자연스레 맞이했다는 사실이다. 할아버지는 일단 앉으라며 내게 자리를 내어주었고, 이어 가족들과 주변 상점 친구들을 불러 모았다. 환전하러 나온 나는 졸지에 처음 만난 사람들과 '티 타임'을 갖게 되었다. 영어를 할 줄 아는 손자의 통역으로 예상치도 못한 대화가 시작됐다.

"어디에서 왔나?"

"몇 살이지?"

"지금 무슨 일을 하고 있나?"

"가족들은 뭘 하시나?"

"형제는 어떻게 되고?"

상견례가 따로 없었다. 이러다가 갑자기 손녀딸이라도 내어준다고 하는 게 아닌가 싶었다. 구멍가게에 들어섰을 때 콜라 한 병을 집은 건 신의 한 수였다. 나는 어색함이 밀려올 때마다 꼴깍꼴깍 콜라를 마셨다. 대화가 길어질수록 환전에 대한 생각은 더욱 간절해졌다. 이제는 나가봐야겠다고 생각했고, 콜라의 가격을 물었다.

"돈은 됐고 사진을 좀 찍어주게."

말을 마친 할아버지가 갑자기 멋진 포즈를 취했다. 나는 그의 모습을 카메라에 담았다. 그리고 카메라 액정으로 그의 사진을 보여주었다. 할아버지는 어린아이처럼 좋아했다. 어느새 나는 사진사가 되어 그곳에 모인 가족이며 상인들의 사진을 열심히 찍고 있었다. 이게 무슨 상황이지, 하는 순간 별의별 일이 다 벌어지고 있는 것이다.

고맙다며 내 손을 붙잡고 놓아주지 않는 할아버지와 길게 인사를 나눴다. 그리고 얼른 손자에게 은행의 위치를 물었다. 그런데 아뿔싸!

"HSBC 은행은 작년에 철수해서 이제 여기 없어요."

내가 난감함에 눈만 끔벅이고 있으니 조금 전 티 타임 멤버였던 한 아저씨가 자기만 믿으라며 나를 이끌었다. 죄송하지만 아저씨, 아저씨는 믿을 수 있는데 이제 환전이 가능하다는 사실은 못 믿겠어요. 하지만 달리 방도가 없었다. 나는 그를 따라 릭샤와 상인으로 북새통인 골목을 가로질렀다. 논두렁 너머에 갑자기 나타난 백화점처럼 번잡한 시장통 한가운데에 번듯한 은행 하나가 나타났다.

"여기면 환전을 해줄 거야."

아저씨가 득의양양한 표정을 지으며 말했다.

돌고 돌아온 나를 맞이한 은행 직원은 딱 봐도 VIP 고객이 이용할 법한 2층 고급 라운지로 나를 안내했다. 됐다! 이 정도면 환전이 가능한 곳이다! 드디어 나의 달러를 타카로 바꿔줄 담당 직원이 내 앞에 앉았고, 나는 자신 있게 환전을 요청했다.

"음… 죄송하지만 저희 은행은 환전 업무 허가가 나지 않아 환전이 불가능합니다."

젠장! 또 꽝이라니! 마지막 남은 떡볶이를 당차게 씹었는데 대파였다. 하지만 지금까지 나를 도와준 수많은 사람들을 생각해서라도 포기할 수 없었다. 일단 감정에 호소하기로 했다.

"배가 고파요. 돈이 필요해요."

'추워요.'라는 말까지 덧붙였다면 성냥팔이 소녀처럼 더욱 동정심을 자극했겠지만 방글라데시는 아주 더웠다. 손에 300달러를 쥐고도 이런 대사를 읊다니 비참했다. 은행 직원이 나를 가만히 들여다보았다.

'아, 제발….'

나는 하마터면 정말로 춥다는 말까지 해버릴 뻔했다. 뜸을 들이던 은행 직원이 결심했다는 듯 어딘가로 전화를 걸었다. 한마디도 알아들을 수 없었지만 '환전'이라는 말을 환청처럼 들은 것 같았다. 잠시 후 은행 직원이 주변 눈치를 살피다가 조용히 속삭였다.

"지금 은행을 나가면 건너편에 환전상 친구가 기다릴 겁니다. 이건 비공식적인 업무이니 은행을 나서면 저와 함께한 시간은 잊는 겁니다."

직원의 뜻밖의 절절한 이별 통보에 가슴이 미어졌다. 하지만 머리가 창구에 닿을 만큼 꾸벅 인사를 하고 재빨리 은행 문을 나섰다. 정말 건너편에 서 있던 한 청년이 내게 손짓을 했다. 나는 그를 따라 어느 잡화점으로 이동했다. 이건 뭐, 환전이 아니라 007 작전이었다. 곧 나의 빳빳한 달러가 청년의 손을 거쳐 너덜너덜한 타카로 변신했다. 잡힐 듯 잡히지 않던 타카가 드디어 내 손 안으로 들어온 것이다! 이것으로 한낮의 환전 미션은 무사히 완료!

환전을 마친 나는 곧장 시장으로 향했다. 아까부터 정말 배가 고팠다. 한 식당에 들어가 앉아 나를 도와준 이들의 얼굴을 하나씩 되새기며 양고기 커리를 먹었다. 웬 동양 청년이 맨손으로 커리와 난을 먹는 게 신기했는지, 혹은 허겁지겁 음식을 삼키는 내가 안쓰러웠는지 주인아주머니가 인상 좋게 웃으며 내 그릇에 양고기 한 덩이를 더 얹어주었다. 아, 진짜 오늘은 감동의 연속이로구나. 낯선 여행지의 대한 인상은 사람으로 좌우되는 경우가 많다. 그런 의미에서 다카는 거리 위에 꽉 찬 릭샤만큼이나 따뜻한 인심으로 가득 찬 곳이다.

딱 하루만 평범했으면

# 천사가 천사를
# 만날 수 있는 곳

"혹시 한국 사람이에요?"

분명히 한국말이었다. 맙소사, 이 외진 도시에 한국인이 있다니! 반가운 마음에 재빨리 뒤를 돌아봤다. 그런데 웬걸. 서글서글한 인상의 현지인 아저씨가 환한 얼굴로 서 있었다.

"오, 한국 사람 맞네요. 대박! 정말 반가워요. 여긴 무슨 일로 왔어요?"

인사의 킬링 포인트는 다름 아닌 '대박'이었다. 또렷한 한글 발음에, 완벽한 한국식 표현이라니! 다카에서 가까운 도시 '마이멘싱'에서 만난 마닉 아저씨다. 한국에서 5년간 일을 했다는 그는 한국 예찬론자였다. 다시 기회만 닿는다면 좋은 추억이 가득한 한국으로 건너가 일을 하고 싶다고 했다.

"내 고향에서 한국인을 만난 건 처음이에요. 너무 신기해요. 이제 어디로 가요? 숙소 안 구했으면 오늘 우리 집에서 자고 가요."

"아쉽지만 저녁에 다카로 다시 돌아가요. 짐이 모두 다카의 숙소에 있거든요."

마이멘싱은 다카에서 3시간 정도면 닿는 작은 도시다. 볼거리가 많은 곳이 아니라 다카에서 당일치기 여행을 온 터였다. 웬만한 한국인은 평생 이름조차 들어볼 일이 없는 도시라 아마 내가 이곳을 여행한 첫 한국인이 아닐까 생각했는데 최소한 이곳에 한국어를 하는 사람은 있었다. 그는 나보다 더 유창한 한국어 발음으로 질문을 이어갔다.

"아쉽네요. 그럼 지금은 어디로 갈 거예요?"

"여기서 제일 유명하다는 라즈바리(옛 힌두왕이 머물던 궁전)부터 가보려고요."

"그렇군요. 거기 좋아요. 같이 가면 좋은데 지금 일하러 가요. 일찍 마치면 라즈바리로 갈게요. 다카로 가는 기차는 몇 시 출발이에요?"

"저녁 7시요."

"오케이. 그럼 마이멘싱 재미있게 둘러보고 혹시 무슨 일 생기면 이곳으로 와요."

마닉 아저씨가 자신이 근무하는 호텔 명함을 건네주며 말했다. 낯선 도시에 친구가 생긴 것 같아 마음이 든든했다. 안 그래도 한국어 수다가 간절했는데 잠시나마 그 소원을 풀었다.

아담한 도시였지만 역시나 이곳도 방글라데시였다. 기차역부터 시내까지 발 디딜 틈 없이 혼잡했다. 눈앞으로 휙휙 지나가는 릭샤를 피해가며 '라즈바리'를 향해 걸었다. 상가 건물이 그득한 거리에 들어서자 피자 사진이 박힌 간판이 눈에 들어왔다. 며칠 내내 커리만 먹은지라 색다른 메뉴에 침이 고였다. 허기를 달랠 생각으로 냉큼 피자집으로 들어갔다. 곧 기름기가 좔좔 흐르는 피자가 눈앞에 나타났다. 허겁지겁 한 조각을 집어 들려는 순간, 한 남자가 동의도 없이 내 앞자리로 와 앉았다. 주변의

테이블이 텅텅 비어 있어 불편한 마음을 전하려던 차에 의문의 사내가 입을 열었다.

"저 이 집 주인이에요. 여기 앉아도 돼요?"

아니, 이미 앉았잖아요! 내 피자를 한 입 베어 먹은 뒤 '이거 먹어도 돼요?'라고 묻는 것과 뭐가 다른가? 그리고 생전 처음 본 사내가 밥을 먹고 있는 나를 빤히 쳐다본다면 얼마나 부담스럽겠나? 나는 '당연히 안 되죠!'라고 외치고 싶었지만 매몰차게 거절할 수 없어서 "원한다면요."라고 답해버렸다.

"그쪽은 우리 가게에 몇 달 만에 찾아온 외국인이에요."

내가 고개를 끄덕이자 그가 흡족하게 웃었고, 정말 계속 앉아 있을 것처럼 편한 자세로 고쳐 앉았다.

"어디에서 왔어요?"

"한국이요."

"오! 한국 참 좋은 나라죠!"

그는 가보지도 않았다는 한국에 열렬한 호의를 보였다. 칭찬을 넘어서서 찬양에 가까운 말들이 쏟아져 나왔다. 나는 이게 무슨 상황인가 곰곰이 생각하며 피자 한 쪽을 들어 올렸다. 그러자 그가 그 위에 핫소스를 쭉, 뿌려주었다. 마치 흰 밥 위에 김치를 얹어주듯. 낯선 남자에게서 돌아가신 할머니의 향기가 났다. 그는 내가 피자 한 판과 치킨 두 조각을 다 먹어치울 때까지 무심한 듯 혹은 익숙한 듯 그런 행동을 반복했다. 치킨 위엔 핫소스 대신 케첩을 뿌려주는 세심함도 잊지 않았다.

먹느라 정신없는 나에게 그는 대답도 필요 없는 오만 가지 이야기를 풀어놓았다. 식사를 마칠 때쯤 그의 가슴 아픈 가정사와 다카에 있는 형제들의 안부를 알게 될 정도로. 식사를 마친 내가 가게를 나서려고 하자 그는 마이멘싱 가이드를 해주겠다고 제안했다. 나는 마음만이라도 고맙다고 정중하게 거절하며 가게를 빠져나왔다. 이미 그에게서 너무 많은 이야기를 들은 터라 다른 이야기를 더 들을 자신이 없어서였다.

예상보다 식사 시간이 길어져서 라즈바리로 향하는 발걸음을 재촉했다. 라즈바리 입구에 다다르니 굳게 닫힌 철문 너머로 유럽식 정원과 낡은 궁전이 나타났다. 다소 촌스러웠지만 큰 기대를 한 건 아니어서 어떤 모습이든 상관없었다. 문제는 입구에 아무런 안내문도, 입장권을 판매하는 사람도 없었다는 점이다. 잠시 머뭇거리다가 시간만 더 지체될 것 같아 철문을 열고 살금살금 안으로 들어갔다. 그리고 궁전 사진을 한 장 찍고 이동하려는데 어디에서 나타났는지 제복을 입은 한 남자가 나를 가로막았다. 그는 말없이 자신을 따라오라는 시늉을 했다. 아, 입장료가 있었나? 출입이 금지된 곳이었나? 남자의 굳은 얼굴을 보며 다급히 주절주절 해명했지만 그는 내 말에 어떤 대답도 없이 묵묵하게 궁전 뒤로 나를 끌고 갔다. 그리고 잔뜩 쫄아 있는 내게 손가락질을 하기 시작했다. 정확히 이야기하자면 궁전 뒤에 펼쳐진 호수를 손가락으로 가리켰다. 그곳에는 고즈넉한 분위기의 호수가 있었다. 그 주변으로 시원스레 뻗은 야자수가 가득했다. 내가 소심하게 감탄하자 그가 사진 찍는 시늉을 했다. 아, 사진을 찍으라는 건가? 냉큼 호수 사진을 몇 장 담자 그는 궁전의 뒷모습을 가리키며 또 사진 찍는 시늉을 했다. 시시하게 보였던 궁전은 뒤통수가 훨씬 더 예뻤다. 이제야 그의 의도가 파악되었다. 아마도 이곳 관리인일 그는 궁전 앞에서 사진을 찍는 나를 보다가 사진 찍기 좋은 포인트를 직접 알려주고 싶었으리라. 그는 나를 데리고 말없이 궁전을 한 바퀴 돌

며 연신 손가락을 들어 올렸다. 그리고 그가 손가락으로 가리키는 풍경 모두가 어김없이 내 카메라에 담겼다.

라즈바리를 나와 도시를 관통하는 강으로 이동했다. 강을 오가는 나룻배를 바라보는 재미가 쏠쏠했다. 그때 한 나룻배의 뱃사공이 빨리 올라타라며 내게 손짓했다. 내가 배에 오르자 배 위를 빼곡하게 메우고 있던 현지인들이 나를 에워싸고 함박웃음을 지으며 서로 이야기를 주고받았다. 뭐라고 하는지 알아들을 순 없었지만 그들의 순박한 눈동자와 즐거워하는 말투만 봐도 짐작이 갔다. 대충 '이 녀석 외국에서 왔나 봐.' '어쩌다 여기까지 왔을까? 재미있는 친구네.' 이 정도 대화였으리라. 나는 흡족하게 웃으며 휴대폰을 들어 올렸다. 셀카임을 확인한 그들 모두가 내 카메라에 찍히면 복이라도 받는다는 듯 앞다투어 내 품을 파고들었다. 찰칵 소리와 함께 모두가 손뼉을 쳤다. 휴대폰이 있는 청년들은 내게 따로 사진을 찍자며 옷을 잡아끌었다. 한 할아버지는 말없이 다가와 내 손을 꼭 잡았다. 마음이 말할 수 없이 훈훈해졌다. 아무런 의심도 품지 않고 방금 만난 현지인들과 추억을 쌓는 게 얼마 만인가. 세상이 '흉흉해졌다.' 라는 게 보통의 일이 되고부터는 여행할 때도 의심과 경계가 앞섰다. 누군가 다가오면 가방을 감싸 쥐기 바빴고, 초면에 살갑게 말을 붙이는 이는 잠재적 호객꾼으로 보였다. 그저 마음을 전하고 싶었을 수도 있는데, 이방인에게 호감을 표현하고 싶었을 수도 있는데 나는 예민한 고양이처럼 날카롭게 발톱을 세우고 거부감을 드러내곤 했다.

일상에서도 마찬가지다. 내가 까까머리 중학생이던 시절만 해도(흠, 그러니까 25년 전쯤이다.) 온 동네 사람들을 다 알고 지냈고 주변의 사소한 얘기도 죄다 주워들으며 살았다. 완식이네가 3단지에서 4단지로 이사를

간다더라, 오늘 결석한 영훈이는 아빠가 해외 발령이 나서 이민 준비를 한다더라…. 옆집, 앞집, 뒷집의 시시콜콜한 이야기가 일상을 관통했다. 식당을 하던 엄마는 배고픈 내 친구들을 불러 모아 돈가스를 먹였고, 친구네 엄마는 바쁜 우리 엄마를 대신해 나의 숙제를 도왔다. 모르는 사람 말은 듣지 말라고 배웠으나 잘 모르는 슈퍼 아줌마는 심부름을 온 내게 늘 초코바를 하나씩 안겨주었고, 생전 처음 보는 시장 아저씨는 팔다 남은 뻥튀기 과자를 건넸다. 지금 생각하면 과한 관심이라 생각되는 것도 그땐 자연스러운 일이었다. 가진 게 적어도 정은 넘쳤다. 세상이 늘 따뜻한 온탕이었다.

하지만 어느 순간부터 세상은 냉탕이 되어버렸고, 사람들은 서로에게 무관심해지기 시작했다. 그나마 남아 있는 관심조차 오지랖이라며 차단했다. 바로 옆에서 폭력 사건이 발생해도 제 갈 길을 갔다. 나도 다를 바 없었다. 옆집에 누가 사는지도 모르고 살고 있고, 새로운 관계를 맺으려면 이것저것 재느라 오랜 시간이 걸린다. 그런 냉정함이 나도 모르게 여행에 번지기 시작했다. 적당한 긴장감이야 여행에 도움이 된다지만 과한 경계심은 오히려 여행을 피곤하게 만든다. 마이멘싱 사람들은 잠깐이나마 여행의 초심을 일깨워주었고, 뜨끈했던 어린 시절의 추억을 곱씹게 해주었다. 모두가 나를 보며 웃었고, 나는 천진난만하게 곁을 내주었다.

다카로 돌아가기 위해 기차역으로 향하는 길. 시장을 가로지르기도 쉽지 않았다. 마이멘싱을 찾은 손님에게 차를 한 잔 대접해야겠다는 상인의 제안을 거절하지 못하고 괜히 차를 얻어 마셨다가 자신의 가게에서도 차 한잔하고 가라며 팔을 잡아끄는 또 다른 상인들을 정중히 물리치느라 혼이 났다. 몇몇은 나중에 다시 오면 찾아오라며 꾹꾹 눌러쓴 전화번호

딱 하루만 평범했으면

를 쥐여주었다. 몸은 다카로 떠나도 마음은 한동안 이곳에 머물 것 같다. 흐뭇한 미소를 지으며 마이멘싱 기차역으로 들어섰다. 다카행 기차를 찾기 위해 두리번거리고 있는데 귀에 익은 목소리가 들려왔다.

"왜 라즈바리에 안 왔어요? 혹시나 해서 여기까지 왔네요."

마닉 아저씨였다. 아저씨는 라즈바리로 간다는 내 말을 들은 뒤 호텔 일을 다른 이에게 부탁하고 바로 라즈바리로 왔다고 한다. 하지만 그때 나는 피자 집에서 주인 사내가 발라주는 핫소스를 음미하며 피자를 먹는 중이었다. 마닉 아저씨는 30분을 기다려도 이 친구가 나타나지 않자 근심에 빠졌고, 혹시나 무슨 일이 생긴 건 아닐까 전전긍긍하다 결국 기차역에서 하염없이 나를 기다리던 중이라고 했다. 내 얼굴을 확인한 마닉 아저씨는 어린 시절에 헤어진 동생을 찾은 것처럼 감격스러워했다. 아, 내가 뭐 한 게 있다고 방글라데시는, 또 마이멘싱은 나에게 이렇게 차고 넘치는 감동을 안겨주는 걸까. 내 기억 속에서 마이멘싱은 영원히 마이엔젤로 불릴 것이다. 이 도시엔 나의 수호천사들이 살고 있는 게 분명했으니까.

다카로 돌아와 SNS에 내가 받은 친절을 조곤조곤 풀어놨다. 그 밑에 어느 방글라데시 친구가 이런 답글을 남겼다.

'신이 우리로 인해 기쁨을 느낄 때 그 보상으로 우리에게 손님을 보내준다고 합니다. 그래서 우리는 우리를 찾아온 손님을 천사라고 믿습니다. 우리가 당신을 천사처럼 대접하는 것은 당연한 것이죠.'

이 한마디에 나는 다시 감동에 취하고 말았다. 내가 천사라 믿었던 그들에겐 내가 천사였다. 내가 천사가 되어 천사를 만날 수 있는 곳, 그곳이 바로 방글라데시다.

# 배들의 무덤

항상 보고 싶은 것만 볼 수는 없다. 여행도 마찬가지다. 아니, 여행은 더욱 그렇다. 여행지에서는 유명하고 아름다운 것을 먼저 탐하기 마련이다. 먹구름이 가득한 곳보다 밝은 태양 빛이 가득한 곳으로 향하는 건 당연하다.

하지만 여행지의 아름다움을 쫓다 보면 종종 그 아래 가려져 있던 위태로운 존재를 마주하게 된다. 그것은 유명 관광지에서 조악한 엽서를 파는 어린아이들의 얼굴일 수도 있고, 관광 산업의 가장 낮은 곳에서 노동력을 착취당하는 인부의 주름진 손일 수도 있다.

나는 가끔 태양을 등지고 먹구름 속으로 발걸음을 옮길 때가 있다. '다크 투어리즘'은 잔혹한 참상이나 역사적 비극이 벌어졌던 현장을 방문해 반성과 교훈을 얻는 여행의 한 형태다. 이런 개념조차 없던 2006년, 나는 대학생 사절단 신분으로 아프리카 수단을 방문한 적이 있다. 당시 수단은 오랫동안 내전으로 신음하는 중이었다. 누적 사망자만 200만 명에 육박했다. 누구도 부인할 수 없는, 21세기 최악의 사건임에도 아프리카 변

방에서 일어나는 살육엔 아무도 관심을 가지지 않았다. (긴 내전 끝에 남수
단은 2011년, 수단으로부터 독립했다.)

　당시의 경험 때문인지 나는 여행을 계획할 때마다 해당 지역의 숨겨진
상처에 대해 알아보는 습관이 생겼다. 여행자의 사명감 같은 거랄까. 이
러한 습관은 여행의 길잡이가 되기도 했다. 캄보디아에선 '앙코르 유적'
보다 크메르루주가 200만 명의 양민을 학살한 흔적이 남은 '킬링필드'를
먼저 방문했고, 폴란드에선 유태인 400만 명이 쓰러져간 '오슈비엥침(아
우슈비츠) 수용소'를 먼저 찾아가 고개를 숙였다. 지난해 제주를 찾았을
때도 가장 먼저 발걸음한 곳이 당시 70주년을 맞이한 4.3사건의 가슴
아픈 현장이었다.

　방글라데시 제2의 도시인 '치타공'으로 가는 여정도 바로 이러한 사명
감에서 비롯되었다. 방글라데시에 대해 검색하던 중 10년 전 한 신문에
게재된 칼럼을 읽게 되었다. 박봉남 PD의 글은 선박 해체 노동자의 인터
뷰로 시작되었다.

　"1982년에는 6000톤짜리 배를 부수는 데만 1년 3개월이 걸렸어. 그
런데 1992년엔 4만 톤짜리 배를 6개월 만에 끝내버렸어. 어떤 때는 2만
톤 배를 23일 만에 흔적도 없이 없애버린 적도 있지. 근데 말이야, 사람
들이 많이 죽었어. 이 갯벌이 피바다가 됐었으니까."

　끔찍했다. 수많은 노동자들이 아무런 보호 장비도 없이 갯벌로 들어가
맨손으로 수만 톤의 거대한 선박을 해체한다고 했다. 하루 2달러를 벌기
위해 절단과 압사의 위험을 감수하고 하루하루를 살아가고 있다는 인터
뷰였다.

　믿을 수 없었다. 아니 믿고 싶지 않았다. 하지만 이게 진짜 현실이고,

10년 전이 아닌 지금도 여전히 벌어지고 있는 일이라면 내 눈으로 확인한 후 주변에 다시 한 번 알리고 싶었다. 나는 간단한 짐을 꾸려 치타공 외곽에 위치한 '빠띠아리'로 향했다. 호텔 직원도, 버스 기사도 도대체 그곳에는 왜 가려고 하느냐며 길을 알려주는 대신 고개를 내젓는 바람에 오로지 구글 지도에 의지해서 조금씩 조금씩 선박 해체장이 모여 있는 빠띠아리 마을로 다가가야 했다.

황량한 도로를 따라 해변으로 조심스레 발걸음을 옮겼다. 길가에는 철재가 잔뜩 쌓여 있는 고물상이 줄을 이었다. 직감적으로 선박 해체장에 접근했다는 느낌이 들자 여행자의 마음이 아닌 탐사 보도를 맡은 기자의 마음에 가까워졌다. 해변으로 통하는 좁은 골목으로 들어서니 선박 해체 작업장이 줄줄이 나타났다. 문이나 간판에 적힌 회사명은 하나같이 '철강 회사(Steel LTD)'였다. 그중 한 곳의 문을 두드렸다. 관리인으로 보이는 푸른색 작업복의 남자가 시큰둥하게 문을 열었다가 대꾸도 없이 바로 문을 닫으려 했다. 급한 마음에 카메라를 관리인 품에 안기고 "노 포토!"를 외쳤다. 사진은 고사하고 그저 눈으로라도 현장의 모습을 보고 싶었다. 10초만 시간을 달라고 싹싹 빌며 통사정했다. 관리인이 마지못해 철문을 열었다. 철문 너머로 3분의 1쯤 잘려나간 선박이 눈에 들어왔다. 그 주변을 오가는 인부의 모습도 희미하게 눈에 들어왔다.

'맙소사, 진짜였구나! 지금도 여전하구나!'

설마 했던 사건을 내 눈으로 확인하니 충격이 이만저만이 아니었다. 값싼 노동력과 선진국보다 낮은 환경 규제 등 여러 이유로 여전히 전 세계의 폐선들이 이곳 치타공으로 모여들고 있었다. 갯벌을 향해 한 발 더 내딛자 관리인이 더는 못 봐준다는 듯 나를 문밖으로 밀어냈다. 철문은 다시 굳게 닫혔다. 그냥 돌아갈 수는 없었다. 그런데 이제 뭘 할 수 있을까? 해변으로 향하는 길은 그게 어디든 철문으로 원천 봉쇄되어 있었다. 몇 군데의 문을 더 두드렸으나 가차 없이 문전박대를 당했다. 이번이 마지막이다, 생각하고 문을 두드린 곳도 마찬가지였다. 원칙적으로 이방인의 출입이 제한된 곳이니 당연한 결과였다. 아쉬움은 있었지만 후회는 없었다. 나는 말없이 발걸음을 돌렸다. 그때 마지막으로 문을 두드린 회사의 관리인이 달려와 나를 멈춰 세웠다.

"300타카(약 4000원)만 줄 수 있어?"

뜻밖의 제안이었다. 그는 입장 명목으로 뇌물에 가까운 팁을 요구했다. 심각하게 고민했다. 윤리적으로 어긋난 일이란 건 애초에 알고 있었지만 그 유혹을 뿌리칠 수 없었다. 나는 그에게 100타카 지폐 석 장을 건넸고 10분의 시간을 얻었다. 모자를 푹 눌러쓴 사내가 내게 손짓했다. 곧 철문이 열렸고 드디어 판도라의 상자도 함께 열렸다.

멀리 절반 정도 해체된 선박이 먼저 몸을 드러냈다. 반 토막이 난 배는 심하게 부식된 채 방치되어 있었고 그 주변으로 잘려나간 파이프와 철판이 어지럽게 널려 있었다. 노동자 몇 명이 선박에서 떼어낸 철판 아래에서 뜨거운 태양을 피하고 있었다. 35도의 폭염이 이어지는 중이었다. 갯벌로 눈을 돌렸다. 만 톤 정도 되어 보이는 대형 선박이 해체될 차례를 기다리고 있었다. 곧 저 선박도 노동자들에 의해 흔적도 없이 사라질 것이다.

박 PD의 칼럼에 의하면 폐선은 완벽히 해체되어 100퍼센트 재활용된다. 철은 제련소로, 엔진은 공장으로 이동한다. 변기와 세면기까지 닦아 도매상에게 넘어간다. 목재와 전선, 전구 한 알까지 빼내고 폐유 역시 모아 새 기름에 섞어 판다. 제철소 하나 제대로 없는 나라라 이렇게 얻은 철이 방글라데시 철 공급의 60~80퍼센트를 차지한다.

이렇듯 선박 해체는 기본 인프라가 턱없이 모자란 방글라데시의 어쩔 수 없는 선택이었겠지만 문제는 바로 사람이었다. 한 선박 위에서 반라의 몸으로 철판을 내리찍는 노동자가 여럿 보였다. 어김없이 맨발에 맨손이었다. 아무런 보호 장비도 없이 선박의 일부를 떼어내고 있는 인부의 몸은 상처투성이였다. 폐선 위에서 쇳줄을 갈아내고 있는 이들도 보였다. 안전모나 장갑을 착용한 노동자는 단 한 명도 없었다. 그들의 머리 위에서 거대한 쇳덩이가 흔들거려 보는 것만으로도 아찔했다. 하물며 서 있는 곳은 낮지도 않아 자칫하면 추락이었다. 배 아래에서 작업하는 노동자들은 배가 살짝이라도 기울어지는 순간 시신을 찾을 수도 없이 압사될 터였다.

얼핏 봐도 노동자 모두가 심각한 위험에 노출되어 있었다. 가슴이 조마조마해서 더 자세히 볼 수가 없었다. 박 PD 역시 쇳조각에 머리를 관통당해 죽은 사람, 가스통이 폭발해 일곱 명이 사망한 사건, 철판을 나르다 발목이 잘렸다는 청년의 이야기를 칼럼에 언급했다.

더 안타까운 점은 폐유와 유독 가스, 석면이 나뒹구는 곳이라 이곳을 벗어나도 그 후유증이 심각하다는 사실이다. 박 PD가 취재를 했던 10여 년 전만 해도 한 해에 200척의 대형 선박이 이곳에서 사라졌다고 한다. 치타공의 빠띠아리 마을이 배들의 무덤이라 불리는 이유다. 이 말도 안 되는 환경 속에서 방글라데시의 가장 낮은 곳에 있는 하층민은 죽음의 그림자를 어깨에 두른 채 선박을 해체하고 있다. 고향에서 매 끼니를 걱정했던 그들에겐 작업장에서 제공하는 흙먼지와 기름 범벅이 된 밥 한 끼조차 소중하기 때문이다.

이곳엔 한때 100여 개의 작업장과 5만 명의 노동자가 등록되었던 걸로 전해진다. 더 놀라운 건 그중 절반 가까이가 18~22세 사이의 청년이며 미성년자도 10퍼센트에 이른다는 사실이다. 이들이 받는 돈은 하루에 2000원 남짓. 내가 이곳에 들어오기 위해 관리인에게 건넨 돈보다 적다. 심한 양심의 가책이 느껴져 관리인이 허락한 10분이 지나지 않았음에도 해체장을 벗어나야겠다는 생각이 들었다. 나는 도망치듯 그곳을 빠져나왔다.

박봉남 PD가 이곳의 참상을 전하기 위해 만든 다큐멘터리의 제목은 '철까마귀의 날들'이다. 까마귀조차 철사를 물어다가 둥지를 짓는 곳. 죽음보다 당장의 허기가 더 두려운 이곳의 노동자들은 '갑판 위의 까마귀'라 불린다. 갑판 위의 까마귀들의 처절한 날갯짓은 여전히 현재 진행형이다.

* 글에 인용한 칼럼은 2009년 7월 18일자 조선일보에 실린 박봉남 PD의 현장 르포 '하루에 1달러… 맨손으로 폐선을 뜯어내는 노동자들'임을 밝힙니다.

딱 하루만 평범했으면

# 선크림 없는 바다

소문대로 '콕스 바자르'의 해안선은 아무리 발버둥을 쳐도 그 끝이 보이지 않을 만큼 길었다. 세계에서 가장 긴 천연 해변으로 알려진 콕스 바자르의 해안선은 놀랍게도 125킬로미터! 직선 거리로 따지면 서울에서 대전까지의 거리이니 '잠깐 해변 따라 산책 좀 하고 올게.' 하고 나가면 며칠 뒤에 돌아올지 알 수 없는 곳이다.

해변으로 냉큼 달려가 바다를 눈에 담았다. 가슴이 뻥 뚫렸다. 이번 여정에서 바다는 처음이었다. 해서 발가락 끝에 닿는 바닷물마저 반가웠다. 누가 방글라데시 아니랄까 봐 길고 긴 해안선은 수많은 사람들로 발 디딜 틈이 없었다. 인구 밀도로 세계 최고를 자랑하는 이 나라의 위엄은 바다에서도 예외가 없었다. 사람들 때문에 모래사장이 거의 보이지 않았다.

그런데 이상했다. 이거 뭔가 다른데? 분명 해변에 와 있지만 해변에 와 있지 않은 것 같은 아이러니한 기분이 들었다. 그리고 곧 그 이유를 알게 되었다. 바로 사람들의 옷차림 때문이었다. 방글라데시가 이슬람 국가여서 그런지 그 누구도 수영복을 입고 있지 않았다. 그러면 수영은 어떻게 하느냐고? 남자들은 긴 바지에 셔츠를 입은 채로, 여자들은 히잡을 쓰고 온몸을 꽁꽁 싸맨 차림 그대로 물놀이를 즐겼다. 반라로 시원하게 수영을 즐기려 했던 나도 윗도리를 벗어젖힐 수 없었다. 되레 미리 입고 온 짧은 수영복 반바지가 민망하게 느껴졌다. 모두 평상복 차림이다 보니 이들이 바다를 찾아온 게 아니라 바다가 이들을 찾아온 듯했다. 세상에서 가장 긴 해변이면서 세상에서 가장 이색적인 해변이라는 생각과 동시에 이런 생각도 들었다.

'이들은 평상복 차림으로 물놀이를 하니 온몸에 선크림을 찍어 바를 일이 없겠구나!'

세상에! 그렇다면 이곳은 굉장히 이상적으로 물놀이를 하는 사람들이 있는 바다다. 내가 꿈에 그리던 해변이랄까? 나는 바다에서 물놀이를 즐길 때 절대로 선크림을 바르지 않는다. 때로는 등짝이 시뻘겋게 익어 며칠 내내 고생할 때도 있지만 그래도 선크림을 바르지 않는다. 이 미련한 고집은 선크림에 포함된 '옥시벤존' 성분이 산호 군락을 죽음으로 몰아넣는다는 환경 단체의 호소를 본 뒤부터 생겼다. 단 한 방울로도 바다 생태계의 씨를 말릴 수 있다는 무시무시한 경고였다.

비단 바다에서뿐 아니라 여행이 시작되면 강박에 가까울 정도로 집요하게 지키는 환경 철칙이 몇 가지 있다. 물론 '일회용품 안 쓰기'와 같은 뻔한 내용도 있지만 '5분 이상 샤워 안 하기'나 '호텔 청소 거절하기'처럼 제법 깐깐한 내용도 있다. 손 한 번 닦은 수건이 호텔 세탁기에 처박히는 건 얼마나 큰 낭비인가! 유난을 떠는 게 아니라 섭수 년 여행을 하다 보니 매년 여행지의 환경이 극적으로 악화되고 있다는 사실을 피부로 느끼기 때문이다.

딱 하루만 평범했으면

나는 남극권에서 녹아내리는 빙하도 봤고 갈라파고스에서 이상 기후로 심각한 고통을 겪고 있는 이구아나도 봤다. '천혜의 자연'이 펼쳐진다던 곳은 하나같이 '역대 최악의 상황'이라며 여행자를 반기지 않았다.

나 역시 여행자로 살고 있지만 나는 지구상에서 개별적으로 가장 많은 쓰레기와 오염 물질을 배출하는 집단이 여행자 집단이라고 생각한다. 우리는 집을 나서는 순간 갖춰진 게 아무것도 없기 때문에 사소한 무엇이라도 필요한 순간 구매한다. 평소에는 웬만해서 살 일 없는 일상 용품도 일회용품으로 변신해 소비되어 기어이 쓰레기로 최후를 맞는다.

2018년 기준 우리나라의 해외 출국자 수가 2870만 명이라고 한다. 2870만 명이 나가 여행지에서 물 한 병씩만 사 마셔도 2870만 개의 플라스틱 병이 지구를 뒤덮는다. 두 병씩이면⋯ 이 얼마나 끔찍한 일인가.

때로는 기나긴 비행 중에 공황 상태에 빠질 때도 있다. 추락의 공포 때문도 아니고 이코노미석에 몸을 구겨 넣어 생긴 답답함 때문도 아니다. 단지 수백 명이 일회용 컵으로 음료를 마시고 일회용 포크와 일회용 칼을 이용해 일회용 용기 속 음식을 먹는 장면이 나에게는 히치콕의 〈샤이닝〉을 능가하는 공포 영화처럼 느껴지기 때문이다. 인천 공항 딱 한 곳에서만 하루에 뜨고 내리는 비행기의 숫자가 1000대가 넘는다고 하니 그 범위를 전 세계로 넓히면 비행기 안에서 매일 소비되는 일회용품은 얼마나 많을까?

여행을 업으로 살아가는 사람이니 나도 그 책임에서 자유로울 수는 없다. 그래도 안 쓸 순 없어도 '거의' 안 쓰거나 줄일 수는 있다. 여행 중에 작은 텀블러를 휴대하여 카페에 넘쳐나는 종이컵을 거절할 수도 있고, 공중화장실에서 손을 씻고 핸드 타월을 뽑는 대신 손을 몇 번 털어주는 것도 꽤 괜찮은 방법이다. 뻔한 얘기지만 작은 실천이 모여 큰 움직임이 된다. 그래서 오늘도 나는 '쌩얼'과 '쌩몸'으로 바닷가를 누빈다. 과연 선크림이 없는 콕스 바자르의 일몰은 환상적이었다. 17년 전 대학 동기들과 동해안에서 봤던 일몰만큼이나 깨끗하고 또렷했다.

# 인도로 가는 길

스치듯 머물 생각이었던 방글라데시에 꽤 오래 머물렀다. 정보가 거의 없어 수도인 다카나 사나흘 둘러보고 인도로 넘어갈 생각이었다. 하지만 방글라데시 천사들에게 빠져 훈훈한 추억을 잔뜩 쌓느라 여정이 2주나 이어졌다. 결국 나는 예정에도 없던 인도 국경 근처의 '쿨나'라는 도시까지 오고 말았다. 지도를 확인하며 마음을 굳게 먹었다.

'이제 천사들의 곁을 떠나 전설의 초고수 인도를 만나러 갈 시간이야.'

인도가 어떤 곳인가? 많은 배낭여행자들이 '성지'로 여기는 곳이다. 여행이 종교라면 꼭 가봐야 할 곳이라는 뜻이다. 극심하게 호불호가 갈리는 곳이기도 하지만 인도가 가지고 있는 풍부한 관광 자원과 독특한 문화, 저렴한 물가는 여행자를 유혹하고도 남는다.

그런데 그런 인도를 나는 못 가봤다. 친한 여행자들은 "여행 베테랑인 척하더니 인도도 못 가봤냐!"며 나를 놀렸다. 심지어 인도와 네팔만 여행한 친구도 "인도도 못 가본 여행 작가!"라며 이미 100여 개의 나라를 누빈 나를 약 올렸다. 병아리가 호랑이에게 날개도 없냐며 무시하는 격이었다. 그때마다 나의 '여행존심'에는 날카로운 스크래치들이 생겼지만 어쩔 수 없었다. 그러니 인도 국경으로 향하는 나의 마음은 여느 국경을 넘을 때와 기분부터가 달랐다. 드디어, 마침내, 그동안의 케케묵은 설움을 한 방에 날려버릴 시간이 온 거니까!

쿨나의 숙소를 나와 인도로 향하는 첫 발걸음을 뗐다. 국경 건너에 있는 인도의 대도시 '콜카타'가 목적지였다. 그러나 문제가 생겼다. 장시간 인터넷을 뒤져보았지만 방글라데시에서 육로를 통해 인도로 넘어가는 정보는 끝내 모습을 드러내지 않았다. 스스로 길을 개척해야 했다. 잠시 여행자 모드 스위치를 끄고 탐험가 모드 스위치를 올렸다. 집중력과 모험심이 각각 1단계씩 상승했다. 우선 버스 터미널로 이동해 국경 도시인 '베나폴'로 가는 버스를 수소문했다.

"쿨나에서 베나폴로 가는 버스는 없어요."

시작부터 난관이었다. 터미널 직원의 예상치 못한 한마디에 인도로 가는 길이 시작부터 미궁에 빠졌다. 내가 눈을 동그랗게 뜬 채 어쩔 줄 몰라 하자 직원이 대안 루트를 알려주었다.

"제소르로 가는 버스를 타요. 거기 가면 베나폴 가는 버스가 많아요."

지도를 보니 '제소르'는 쿨나 북쪽에 있는 도시로 사통팔달 교통의 요지였다.

"빨리 뛰어요!"

그는 이제 막 출발하려는 제소르행 버스를 가리키며 내 등을 떠밀었다. 다급히 버스에 오르니 '두 가지'가 없는 버스였다. 짐칸이 없었고 앞뒤 좌석 간의 간격이 없었다. 다리를 구겨 넣다시피 한 채 좌석에 앉은 후

무릎에 커다란 배낭을 얹었다. 차가 덜컹거릴 때마다 양 무릎이 앞좌석과 충돌했고 배낭은 살짝 솟았다가 허벅지를 내리찍었다. 나는 무릎과 허벅지를 구하기 위해 몸을 최대한 동그랗게 말고 배낭을 꼭 껴안았다.

그렇게 무시무시했던 두 시간이 지나갔고, 버스 기사의 외침에 둥글게 말았던 몸을 일으켰다. 얼굴을 파묻었던 배낭이 땀으로 범벅이 되어 있었다.

"거기 당신! 베나폴에 가려면 여기서 내려요!"

듣던 중 반가운 소리였다. 기사에게 미리 목적지를 말해두길 잘했다는 생각을 하며 잽싸게 버스를 탈출했다. 기지개를 켜니 좀 살 것 같았다. 그렇게 가볍게 몸을 풀고 주변을 돌아보았는데 세상에, 허허벌판이었다. 확실한 건 두 발을 디디고 있는 곳이 제소르 버스 터미널은 아니라는 사실이었다. 알고 보니 제소르에는 버스 터미널이 여러 개인데 내가 탔던

버스는 베나폴행 버스가 출발하는 터미널이 아닌 다른 터미널로 향하는
지라 기사가 나를 이 갈림길에서 내려준 것이었다. 하는 수 없이 쏟아지
는 땀을 닦으며 오토릭샤를 잡아타고 베나폴행 버스가 출발하는 터미널
로 향했다. 아이고, 오늘도 개고생이구나. 촉이 왔다.

　다행히 어렵게 도착한 버스 터미널에서는 금세 베나폴행 버스에 올랐
다. 버스 안에는 이마에 빈디(인도 여성이 이마에 찍는 점)를 찍은 여성들이
절반이었다. 인도 코앞까지 왔다는 실감이 났다. 가슴이 두근거렸다. 이
제 몇 고비만 넘으면 인도다.

　제소르에서 탔던 버스와 똑같은 형태의 버스라 똑같은 자세를 취한 채
베나폴에 도착했다. 다리에 쥐가 나서 옆에 앉았던 방글라데시 아저씨
의 따뜻한 부축을 받으며 버스에서 내렸다. 떠나는 순간까지 방글라데시
인들의 친절함은 변함이 없었다. 그럼에도 당장의 현실은 친절하지 않았

다. 베나폴 버스 터미널에서 국경까지는 꽤 거리가 있었다. 수많은 오토릭샤 기사들이 "국경(Border)!"을 외치며 달려들었다. 흥정을 할 정신이 아니라 일단 눈에 보이는 오토릭샤에 바로 올라탔다.

그렇게 국경 지대에 위치한 출입국 사무소에 도착하니 바글바글 도떼기시장이 따로 없었다. 출국하는 사람과 입국하는 사람이 쉴 새 없이 교차했다. 그 틈을 비집고 들어가 방글라데시의 출국 심사대 앞에 섰다. 좋은 기억만 남은 나라여서 그럴까? 떠나려니 왠지 짠했다. 그런 감상에 깊이 빠질 새도 없이 심사대 직원이 여권에 출국 도장을 쾅, 하고 찍었다. 놀라웠던 방글라데시에 경의를 표하는 마음을 담아 그에게 정중하게 고개를 숙여 인사했다.

이제 인도에 발을 들일 차례였다. 인도 입국 심사대 앞에 적어도 백 명은 되어 보이는 사람들이 길게 줄을 서 있었다. 턱 밑으로 땀이 똑똑 떨어졌다. 이쯤 되니 그냥 다카로 가서 콜카타행 비행기를 탈걸, 하는 생각이 들었다.

긴 줄은 30분이 지나도록 줄 생각이 없었다. 그때였다. 한 남자가 다른 사람은 다 지나친 뒤 딱 봐도 여행자인 나에게만 다가와 자신을 국경 사무소 직원이라 소개했다. 그리고 입국 신고서를 대신 작성해주겠단다. 나를 무슨 호구로 보시나. 세계 어디에도 입국자의 서류를 대신 작성해주는 국경 사무소 직원은 없다. 작성을 대신 맡기는 순간 100퍼센트 팁을 요구할 게 뻔했다. 이미 줄을 서 있는 동안 입국 신고서 작성을 마쳤기에 글씨로 가득한 서류를 그의 눈앞에 대고 흔들었다. 그러자 그는 들켰다는 듯 멋쩍게 웃으며 엄지와 검지를 비비기 시작했다. 팁을 달라는 얘기다. 아니, 뭘 했다고 팁을 주나! 허탈한 웃음이 나왔다.

딱 하루만 평범했으면

이렇게 한 인도 남자의 엄지와 검지 사이에서 발생한 마찰과 함께 나의 인도 여행이 시작되었다. 쓸데없이 유쾌한 시작이었다. 잠시 후 줄이 줄지 않는 이유를 알게 되었다. 기습적으로, 그러나 대놓고 새치기를 해대는 시간 도둑들 때문이었다. 정신이 번쩍 들었다. 이게 인도구나. 나는 방글라데시에 잠시 놔두고 왔던 긴장감을 불러왔다. 새치기꾼을 상대로 치열하게 육탄방어를 한 끝에 인도 입국 도장을 받아냈다. 인도에 못 가봤다며 놀림감이 되었던 여행 작가가 공식적으로 인도에 몸을 싣는 순간이다.

'이거 뭐, 별거 아니네!'

허세와 거드름을 섞어가며 출국 사무소를 빠져나왔다. 하지만 그 여유는 오래가지 못했다. 국경을 뒤로하고 거리로 나오자마자 이런저런 호객꾼이 나를 잡아끌었다. 택시를 타라며, 환전을 하라며, 혹은 하룻밤 자고 가라며 팔을 당기는 통에 몸이 반으로 찢어질 것 같았다. 정신을 차리고 그들 사이에서 귀신같이 콜카타행 버스의 차장을 찾아냈다. '은혜로운' 그의 손을 붙잡고 버스에 올랐다. 다행히 짐칸도 있고 좌석 간의 간격도 있는 버스였다. 땀을 닦으며 창밖을 바라봤다. 생애 첫 인도가 두 눈에 들어왔다.

딱 하루만 평범했으면

# 반짝반짝 빛나는

　　　콜카타는 100년 전만 해도 영국령 인도의 수도 역할을 했던 인구 1500만의 대도시다. 얼마 전 교황청에 의해 성인(Saint)으로 추대된 테레사 수녀가 빈민을 보듬던 곳이기도 하다. 영국이 남겨놓은 휘황찬란한 유럽식 건축물은 인상적이었지만 콜카타는 '전형적인' 인도의 모습은 아닌 듯했다. 인도에게는 미안한 이야기지만 콜카타는 내가 상상한 인도보다 깔끔했고, 내가 예상한 인도보다 체계적이었다. 나는 콜카타에서 멀지 않은 '순다르반스' 국립 공원으로 눈을 돌렸다.

　　방글라데시와 인도 국경 지대에 위치한 순다르반스는 세계 최대의 맹그로브(열대의 갯벌이나 물속에 뿌리를 내리고 사는 홍수림) 숲이자 세계 최대의 로열 벵골 호랑이의 서식지다. 각종 희귀 동식물이 풍성한 곳이라 동물 애호가인 내가 도저히 그냥 지나칠 수 없는 곳이다.

　　인도식 악센트가 아닌 유창한 미국식 영어를 구사하는 가이드 엠제이는 시작부터 유쾌하게 순다르반스 투어를 이끌었다. 아침 일찍 순다르반

스를 향해 출발하는 팀원에게 토스트와 음료를 건네며 익살을 떨었다.

"유럽, 미주, 오세아니아, 아시아 사람이 탔으니 가는 길에 아프리카 여행자 한 명만 섭외하면 이 버스가 곧 지구가 되겠네!"

1박 2일 동안 진한 우정을 나눌 우리 팀은 모두 열네 명이었다. 프랑스, 이탈리아, 미국, 호주에서 온 금발 머리 친구들 사이에 내가 홀로 아시아를 대표했다. 대부분 젊은 친구들이라 만나자마자 서로의 SNS 주소를 공유하며 랜선 친구를 맺었다. 그간 배낭여행자가 거의 없는 도시만 여행하다 간만에 동지들을 만나니 물 만난 주둥이가 쉬지를 않았다. 네 명의 프랑스 대학생은 홈페이지를 개설해 함께 세계를 여행 중이었고, 이탈리아에서 온 앨리스는 나처럼 여행 블로그를 열심히 운영하며 여행작가로 살고 있었다. 이들과 쉼 없이 여행 수다를 떨다 보니 콜카타에서 60킬로미터 떨어진 순다르반스에 도착했다.

가장 늦게 버스에 올라 몰랐는데 버스에서 내릴 때 보니 우리 팀은 부상 병동이었다. 앨리스는 여행하다 넘어져 종아리에 시뻘건 피멍이 들어 있었고, 미국 청년 라이언은 알래스카 여행 중 다리가 부러져 목발을 짚고 있었다. 프랑스에서 온 에르베 아저씨는 오른쪽 발목부터 무릎까지 살갗이 쭉 찢어져 커다란 밴드를 붙이고 있었다. 이들에 비하면 나은 편이지만 사실 나도 감기 증세가 있었다.

"엠제이, 이거 지구를 대표하는 용사들이 아니라 패잔병 모임인데?"

내 농담에 깔깔거리며 다국적 패잔병들이 위풍당당하게 순다르반스 국립 공원 안으로 들어섰다. 커다란 호랑이 간판을 지나 팀원 정도가 딱 들어갈 수 있는 작은 배에 오르니 곧바로 이곳의 명물 맹그로브 숲이 나타났다. 맹그로브는 갯벌에 혹은 염분이 많은 바닷물에 뿌리를 내리는

것도 모자라 새끼를 낳는, 과하게 독특한 식물이다. 서식지의 특성상 씨를 뿌려봐야 물에 휩쓸려버려 싹을 틀 수가 없기 때문에 나무에서 어느 정도 씨를 키운 뒤 해안으로 내려보낸다. 버스에서 한없이 수다스러웠던 팀원들도 엠제이가 건넨 인도의 국민 차 '짜이'를 마시며 생전 처음 보는 맹그로브 삼매경에 빠져들었다.

순다르반스 투어의 메인 코스라 할 수 있는 야생 동물 탐사는 내일로 예정되어 있었지만 맹그로브 숲 사이로 어렵지 않게 여러 동물들을 만날 수 있었다. 악어와 점박이 사슴 그리고 인도의 국민 새로 불리는 오색 빛의 물총새도 우리의 시선을 즐기며 돌아다녔다. 동물보다 우리에게 훨씬 더 호의적인 섬 동네 꼬마들은 우리가 손을 흔들 때마다 기괴한 막춤을 추어가며 장단을 맞춰줬다. 대자연 안에 살아가는 녀석들이라 순수함의 농도가 정말 짙었다.

엠제이의 설명에 의하면 순다르반스 국립 공원에 있는 섬은 약 100개 정도. 대부분 무인도이자 인간의 접근이 원칙적으로 금지된 섬이지만 그 중 일부엔 사람이 마을을 이루며 살아가고 있다고 한다. 우리의 목적지 또한 일명 '에코 빌리지'라 불리는 친환경 섬이었다.

한 시간 만에 섬에 다다르자 날지 못하는 거대한 새 '에뮤(호주 특산의 대형 조류)'가 우리를 반겼다. 자신보다 큰 새를 보며 여자 친구들이 비명을 질렀지만 호주에서 온 카렌은 '국산 새'가 왜 여기 있는지 모르겠다며 흥분했다. 엠제이와 누구도 그 이유를 알지 못했다. 에뮤를 뒤로한 우리들은 각자 오두막 방을 하나씩 배정받고 짐을 풀었다.

나무로 지어진 작은 식당에서 맛깔나게 차려진 인도식 커리를 점심으로 즐긴 뒤 엠제이가 주도하는 오늘의 프로그램이 차근차근 진행되었다. 내일의 동물 탐사를 위해 오늘은 가볍게 몸을 푸는 날이라 대단히 인상적인 프로그램은 아니었다. 우선 섬을 한 바퀴 트레킹한 뒤 일몰 시간에 맞춰 강으로 나가 선셋 크루즈를 즐겼다. 저녁을 먹은 뒤엔 마을 주민들이 주최하는 전통 공연을 감상했다. 공식적인 일과가 끝나자 엠제이가 마당에 캠프파이어를 만들었다. 피곤한 친구들은 각자의 오두막으로 흩어져 잠을 청했고 나머지는 캠프파이어에 둘러앉아 밤늦게까지 이야기꽃을 피웠다. 타닥타닥 타오르던 불꽃도 사그라들어 파장 분위기가 될 때쯤, 엠제이가 뜬금없이 승선을 제안했다.

"이 칠흑 같은 어둠을 뚫고 나룻배에 몸을 실어보지 않을래? 정말 낭만적이거든!"

허나 이미 피곤에 지친 우리는 내일을 위해 잠을 택하기로 했다. 오늘도 이른 아침부터 강행군이 이어졌고 내일도 아침 6시 기상이었다. 하나둘 자리를 털고 일어서는 가운데 엠제이가 아쉽다는 듯 내게 속삭였다.

"원준! 진짜 끝내주는 풍경을 보여줄게. 내가 약속한다니까!"

자신과 같은 유일한 아시아인이라 그런 건지, 호기심 많은 내가 유독 질문을 많이 해서 그런 건지 엠제이는 종일 내게 살갑게 굴었다. 그런 그의 눈이 어둠 속에서 반짝였다. 분명 무언가 대단한 풍경이 기다리고 있을 것 같았다.

"나는 엠제이랑 배 타러 갈래. 또 갈 사람 없어?"

나의 제안에 프랑스 대학생 둘이 손을 들었다. 역시 나의 열정은 대학생 못지않구나! 모두 숙소를 향하는 와중에 최후의 4인이 의기투합하여 강가로 향했다. 미세하게나마 불빛이 있는 마을 중심부를 벗어나자 밤하늘을 수놓던 별이 점점 늘어났다. 머리에 헤드 랜턴을 단 엠제이가 노래

딱 하루만 평범했으면

를 흥얼거리며 강 위에 작은 나룻배를 띄웠다. 어둠 속의 항해라. 나는 벌써부터 낭만에 빠져들었다.

"사람도 없으니 우리 다 누워서 갈까?"

달랑 네 명뿐이라 나룻배의 자리가 넉넉했다. 우리는 모두 편안하게 누웠다. 그러자 엠제이가 헤드 랜턴의 스위치를 내렸다.

딸깍.

그 소리와 동시에 하늘에서 배 위로 별이 쏟아져 내렸다. 수만 개의 별이 서로 경쟁하듯 열심히 반짝거렸다. 내 눈도 지지 않고 반짝였다. 여기서 저기로, 저기서 여기로 별똥별이 쉼 없이 은하수 사이를 오갔다. 이걸 안 보고 오두막에 들어가려 했다니! 엠제이에게 감사의 말을 전하고 싶었지만 고요함을 깨고 싶지 않았다. 졸졸졸, 낭랑한 강물 소리가 우리의 침묵 사이를 채웠다. 흐르는 강물 소리를 들으며 배 위에 누워 밤하늘의 별 밭을 헤매는 일. 이토록 황홀한 순간이 일생에 몇 번이나 찾아올까. 감격에 취해 누구도 일어설 생각을 하지 않는 가운데 엠제이가 천천히 몸을 일으켰다.

"이제부터 마법을 보여줄게."

이미 마법 같은 시간인데 무엇을 더 보여주려는 걸까? 엠제이는 모두를 일으켜 세운 뒤 맹그로브 숲을 가리켰다. 놀랍게도 밤하늘에 있던 별빛이 숲을 채우고 있었다. 반딧불이였다. 하늘만큼 숲도 반짝였다. 수천 마리의 반딧불이가 춤을 추는지 희미한 빛이 아니라 정말 별처럼 환한 빛이었다. 감동으로 꽉 찬 마음에 감동을 추가하기 위한 공간을 더 마련해야 했다. 그리고 엠제이는 마침내 화룡점정을 찍었다. 그가 강물에 손을 담그자 물도 반짝이기 시작했다. 손으로 강물을 휘저을 때마다 강물이 또 반짝였다. 강물에 떠다니는 발광 플랑크톤이 빛을 내는 것이었다. 물을 휘저으면 휘저을수록 푸른빛이 번져나갔다. 정신적인 그로기 상태가 되었다. 하늘과 숲과 강물이 동시에 반짝이는, 말도 안 되는 이 놀라운 순간. 인도 여행이 이제 막 시작되었지만 인도 여행이 얼마나 이어지든 이 순간을 뛰어넘을 수 있는 순간은 찾아오지 않을 거라는 확신이 들었다. '인도 최고의 순간'은 이미 이곳에 있었다. 형언하기조차 어려운 벅찬 감정이 강과 별과 함께 흘러갔다.

# 내가 졌소, 기사 양반 1

　'인도의 택시, 릭샤 기사는 숨소리마저 거짓말이에요. 바가지는 기본이고, 어리바리한 여행자에겐 말도 안 되는 가격을 요구합니다. 짧은 거리는 차라리 걷는 게 정신 건강에 좋아요.'

　아니, 숨 쉬는 것마저 뻥이라니! 사람을 상대로 이렇게 가혹한 평가가 또 있을까? 인도에 첫발을 내딛자마자 순다르반스의 절경에 취해 잠시 잊고 있었지만 인도는 지금까지 지나온 나라들에 비하면 결코 만만한 곳이 아니다. 특히 인도의 택시나 릭샤에 대한 무시무시한 무용담은 차고도 넘쳤다.

　허나 기차역은 걸어갈 만한 거리가 아니었기에 혹평에도 불구하고 택시를 이용할 수밖에 없었다. 택시 기사와의 밀당을 앞두고 약간의 긴장감이 밀려왔지만 '에이, 다 그런 건 아니겠지.'라고 생각하며 애써 긍정적인 마음을 품었다. 엠제이가 기차역까지 130루피면 충분하다고 했으니 택시 기사가 200루피만 불러도 쿨하게 오케이를 외칠 생각이었다. 콜카타의 명물인 샛노란 택시 한 대가 내 앞에 멈춰 섰다. 첫인상이 무척이나 좋은 노년의 기사에게 목적지를 크게 외쳤다.

"콜카타 시알다역이요!"

기사 아저씨는 역 이름을 한 번 더 확인하더니, 주저 없이 150루피를 불렀다. 와우, 생각보다 싼걸? 이 정도면 밀당을 할 필요도 없겠다 싶어 가격을 거듭 확인했다.

"150루피 맞죠? 150달러 말고 150루피요!"

루피를 달러로 바꾸는 장난을 친다는 글도 본 적이 있어 혹시나 나중에 말이 달라질까 봐 150루피라는 가격을 세 번이나 확인한 뒤 택시 뒷좌석에 몸을 구겨 넣었다. 황송하게도 차에서 내려 내 배낭까지 직접 실어주던 기사 아저씨가 물었다.

"기차 타고 어디까지 가시나?"

"다르질링이요!"

내 대답에 아저씨가 무릎을 치며 말했다.

"거기 산악 풍경이 최고라던데! 나도 꼭 한번 가보고 싶은 곳이야!"

아저씨는 다르질링에 대한 기대감에 양념을 잔뜩 발라주었다. 사람 좋게 웃는 아저씨의 표정에 희미하게 남겨두었던 의심과 걱정이 단번에 날아갔다.

'역시 사기꾼만 있는 건 아니지! 게다가 가격도 150루피면 바가지도 아니잖아!'

인도에서 처음 잡은 택시치고는 성공적이었다. 나는 흐뭇한 미소를 지으며 창밖으로 시선을 돌렸다. 생애 첫 인도 여행에서의 첫 번째 도시 콜카타의 알록달록한 밤 풍경이 춤을 추며 지나갔다. 이번에 인도에 간다고 말했을 때 '인도는 절대 쉽지 않은 나라'라며 겁을 준 이들이 많았다.

하지만 나는 보란 듯이 인도에서의 첫 미션을 완벽하게 마쳤다.

돌이켜보면 콜카타의 공이 컸다. 인도의 첫 도시라는 중책을 부탁하기에 손색없이 괜찮은 여행지였다. 영국령 인도의 수도였기에 휘황찬란한 유럽식 건축물이 우아한 자태를 뽐내고 있었고, 천주교 성인 테레사 수녀가 돌보았던 빈민가는 구시가지로 남아 사람 냄새를 풍기며 여행자들을 반겼다. 평소에 존경했던, 노벨 문학상에 빛나는 인도의 국민 작가 타고르의 생가를 방문하는 영광도 누렸다. 평생 기억에 남을 밤을 선물한 순다르반스 투어는 또 어떻고! 인도 힌두교 문화에 적응할 수 있는 시간까지 넉넉하게 벌어준 콜카타는 인도에 대한 일말의 두려움을 싹 잊게 해주었다. 콜카타는 100점 만점에 90점은 이미 획득했고, 지금 타고 있는 이 택시만 기차역에 잘 도착한다면 기꺼이 100점 만점을 받을 것이다.

택시가 기차역에 무사히 도착하며 남은 10점을 획득하는 듯했다. 나는 약속한 150루피를 건넸다. 그런데 지폐가 들린 내 손을 바라보던 기사 아저씨가 황당하다는 표정을 지으며 피식 웃었다.

　　　　　　　　　　　　　　딱 하루만 평범했으면

"젊은이, 100루피 더 주셔야지. 아까 250루피라고 했잖아."

'어라? 뭐라는 거야?'

우선 황당함을 감추며 상냥하게 대꾸했다.

"아까 150루피라고 말씀하셨어요. 제가 세 번이나 여쭤봤잖아요."

분명히 150루피가 맞냐고 세 번이나 반문했다. '원 피프티'가 '투 피프티'로 들릴 만큼 내 영어 발음이 후지지는 않다. 하지만 기사 아저씨는 막무가내였다. 자신은 150루피를 부른 기억이 전혀 없다며 250루피를 내놓으라고 으름장을 놓았다. 250루피면 4500원이다. 콜카타보다 물가가 대여섯 배나 높은 서울에서 택시를 타야 10분 남짓 거리에 4500원이 나온다. 그래도 좋은 기억을 안겨준 콜카타의 마무리를 망치고 싶지 않아 말없이 200루피를 건넸다. 하지만 아저씨는 나의 호의를 거절하며 시동을 걸더니 택시를 슬슬 운행하기 시작했다. 250루피를 주기 전엔 차를 멈추지 않겠다는 선전포고였다. 하아, 콜카타에 대한 인상이 내내 좋았는데 막판에 이게 뭐람! 햇살 좋은 공원에 누워 하늘을 향해 미소

짓고 있는데 지나가던 비둘기가 얼굴에 똥을 싸고 간 기분이었다. 택시에 속력이 더 붙기 전에 재빨리 문을 열고 뛰어내렸다. 그리고 뒷좌석에 150루피를 던지며 말했다.

"150루피 줄게요. 불만 있으면 경찰 부르세요."

경찰 드립은 궁지에 몰렸을 때나 사용한다던데 벌써 내뱉게 되다니. 나름 강력한 불만의 표출이었다. 뒷좌석에서 놔둔 150루피를 집어 든 아저씨는 영어가 아닌 벵골어로 고래고래 소리를 질렀다. 그 뜻을 알 길은 없었으나 말투는 누가 들어도 욕이었다. 약속했던 150루피로 해결했으니 금전적으론 나의 승리에 가까웠지만 기차역으로 발걸음을 옮기는 내내 분을 삭일 수 없었다. 그러니 사실상 나의 패배나 마찬가지였다. 인도 기사와의 악연은 이렇게 시작되었다.

# 홍차의 블랙홀

　　여행자들 사이에서 '블랙홀'은 부정적이기보다 긍정적인 의미로 쓰인다. 한 번 빠져들면 도저히 헤어 나오기 힘든 꿈의 여행지를 말하는데 쉽게 말해 오랜 시간 '죽치고 있기' 좋거나 '멍 때리고 있기' 좋은 곳이다. 어느 곳이나 그 영광을 누릴 수는 없다. 저렴한 물가는 기본이다. 아무리 좋은 곳이라 한들 숨만 쉬어도 하루 10만 원씩 깨지는 뉴욕 같은 고물가 도시는 아웃이다. 복잡한 도심보다는 여유로운 시골이나 해변이 후한 점수를 받는다. 그리고 뭐니 뭐니 해도 여행자를 눌러 앉힐 수 있는 굵직한 '한 방'을 가지고 있어야 한다. 그게 멋진 풍경이든 맛있는 음식이든 뭐든. 아름다운 해변은 덤이요, 저렴하게 스쿠버다이빙 자격증까지 딸 수 있는 이집트 '다합'은 지독한 블랙홀로 꼽힌다. 살구꽃 흩날리는 파키스탄의 '훈자'와 여행자들의 영원한 휴양지 '발리'도 만만치 않은 중독성을 자랑한다.

　장기 여행을 하다 보면 한 번쯤 열병처럼 앓게 되는 각자의 블랙홀이 생긴다. 이런 곳에 잘못 빠지면 1~2주일은 기본이고 영원히 빠져나오지 못하고 눌러앉는 경우도 생긴다. 불행인지 다행인지 나는 블랙홀에 빠져 본 적이 없다. 쉬지 않고 싸돌아다니는 내 성격상 한 도시에 오래 머문다 는 건 불가능에 가깝다. 하다못해 가끔 체력이 떨어져 숙소에서 이틀만 쉬어도 발바닥이 가렵기 시작한다. 서론이 길었는데 그런 내가 하마터면 블랙홀에 빠질 뻔한 곳이 있었다. 바로 히말라야 자락에 들어앉은 조용 한 고산 도시 '다르질링'이다.

"어휴, 추워!"

아마도 다르질링에 막 도착한 사람이라면 나와 똑같은 대사를 외칠 것 이다. 여행 중 처음으로 한기를 느꼈다. 해발고도가 2200미터에 이르는 곳이니 당연했다. 이 사실을 잘 아는 영리한 다르질링 상인들의 전략 상 품은 외투였다. 적당한 가게에 들어가 파란색 후드 점퍼를 하나 구입했 다. 추위를 점퍼 속에 가둬버리고 늘 그랬듯이 바지런히 도시를 걷기 시 작했다. 마을이라는 표현이 더 어울릴 법한 작은 산악 도시였다. 어디에 서나 히말라야의 설산이 보인다고 했지만 해가 막 퇴근을 한 터라 설산 이 있어야 할 자리에는 어둠이 장벽을 치고 있었다.

마을을 한 바퀴 도는 데 30분 남짓이면 족했다. 대충 견적이 나왔다. 길어야 이틀짜리 도시였다. 비록 해가 질 무렵에 도착했지만 내일 하루 면 진도를 다 뺄 만한 도시였기에 모레 아침에 네팔로 넘어갈 계획을 세 웠다. 보들보들한 새 점퍼에 얼굴을 부비며 숙소로 향했다. 그 길에 찻집 이 하나 눈에 들어왔다. 그제야 다르질링 홍차가 세계적으로 유명하다는 데 생각이 닿았다.

산뜻한 맛으로 '홍차의 샴페인'이라 불리는 다르질링 홍차는 중국의

'기문', 스리랑카의 '우바' 홍차와 함께 세계 3대 홍차로 꼽힌다. 이는 곧 다르질링 홍차가 매우 귀한 몸이며, 세계 각지로 비싼 값에 수출된다는 뜻이기도 하다. 더불어 다르질링 홍차가 도시를 벗어나는 순간 가격이 치솟기 때문에 여기서 차를 한 잔 마실 때마다 돈을 버는 것이란 뜻이기도 하다.

나는 뽕을 뽑자는 생각으로 찻집에 들어섰다. 수백여 종의 차가 전시되어 있었고 예쁘고 섬세한 다기 세트도 판매되고 있었다. 창가에 자리를 잡고 앉아 무심코 메뉴판을 들여다보다가 눈을 의심했다. 세계 최고급 홍차 한 잔이 우리나라 자판기 커피 가격이었다. 25루피(450원)라는 가격에 놀라 스마트폰 계산기를 두드렸다. 4500원이겠지 했는데 450원이 맞았다. 당황스러워 직원을 불렀다.

"이건 다르질링산 차가 아닌가요?"

"100퍼센트 다르질링산 차 맞습니다. 다만 홍차에도 등급이 있는데 이건 가장 낮은 등급이라 가격이 저렴하죠. 대부분 적당한 질과 합리적인 가격이 장점인 '보통' 등급의 차를 많이들 드십니다."

"아, 그렇군요. 그럼 저도 보통 등급의 홍차로 주세요!"

"잔으로 드릴까요? 주전자(Pot)로 드릴까요?"

작은 컵, 큰 컵을 고르는 게 아니라 선택지가 무려 주전자였다. 잔은 600원, 차 석 잔 정도가 나오는 작은 주전자는 1200원이었다. 0.1초의 고민도 없이 주전자로 주문했다. 곧바로 찻주전자를 들고 온 직원이 정직한 영업 방침을 증명이라도 하듯 방금 우려낸 찻잎을 함께 들고 와 향을 맡게 해주었다. 향이 깊어 그 안에서 잠수를 할 수도 있을 것 같았다.

작은 잔에 찔끔찔끔 차를 따라 마셨다. 약간 떫은 향과 함께 차가 술술

넘어갔다. 목구멍을 타고 넘어가는 홍차의 진한 향이 기분을 좋게 했다. 혀끝에서부터 발끝까지 따뜻함이 전달되는 그 느낌도 좋았다. 세계 최고급 차를, 그것도 음유 시인 밥 딜런의 노래를 선곡하는 수준 높은 찻집에서 마시고 있다니 꿈만 같았다. 홀로 무드를 잡으며 찰나의 기쁨을 만끽했다. 혀 위로 향긋한 홍차가 구를 때마다 머릿속에서 엔도르핀이 굴러다녔다.

가볍게 휙 둘러보고 모레 아침에 떠나야지, 했던 모레 아침에도 나는 찻집에 엉덩이를 고정하고 홍차를 마시고 있었다. 차의 수준은 점점 업그레이드시켰다. 5단계 등급 중 최고급 단계의 홍차를 큰 주전자(여섯 잔 분량)로 시켜도 5000원이 안 되었다. 지금까지 마시던 홍차와는 맛이 확실히 달랐다. 첫맛은 다소 씁쓸했지만 뒷맛은 개운했다. 차 한 모금을 입 안에서 굴리다가 삼킬 때면 희미하게 포도향이 났는데 그 향이 아주 상쾌해 목구멍을 타고 내려갈 때마다 청량감에 휩싸였다. 중독성이 강한 음료였다. 그 유혹을 도저히 뿌리칠 재간이 없었다.

다르질링에 온 4일 차에도 5일 차에도 나는 삼시 세끼 밥을 먹듯 삼시 세끼 홍차를 마셨다. 아침마다 마시는 찻잔 너머로는 히말라야산맥이 펼쳐졌다. 높다란 빌딩 대신 히말라야가 병풍인 마을이었다. 일출에 맞춰 달달 떨며 전망대에 올라 세계에서 세 번째로 높은 '칸첸중가(8598미터)' 산을 눈에 담았고, 오후엔 동네 광장에서 고개만 들면 보이는 만년설을 텔레비전 보듯 구경했다. 그러고는 숨겨놓은 애인을 만나러 가듯 신나게 홍차를 마시러 달려갔다. 허름한 찻집에 들어가 200원짜리 홍차 한 잔을 시켜도 만족스러웠다.

홍차를 마시기 전에 에피타이저로 홍차를 마셨고 후식으로도 홍차를 마셨다. 책장을 넘기며 홍차를 마셨고 노트북으로 영화를 보면서도 홍차를 마셨다. 밥을 먹어도 홍차를 곁들였고 과자를 한 봉지 까도 홍차랑 먹었다. 고귀한 홍차의 탄생 과정을 알기 위해 방문한 홍차 농장에서도 홍차를 시음했다. 혈관에 피가 아닌 홍차가 돌 것같이 주야장천 홍차를 들이켰다. 그리고 다르질링에서 6일째 되는 날 아침에 문득 깨달았다. 그 대단한 관광 도시들을 제치고 이번 여행에서 가장 오래 머문 도시가 바로 '딱히 볼 것 없는' 다르질링이었다는 것을.

나도 모르게 다르질링의 늪에 빠져 있었다. 아니 정확히는 다르질링 홍차에 빠져 있었다. 정신을 차렸다. 멀리 보이는 히말라야의 설산을 보며 아쉽고 아쉬운 마음으로 다르질링에서의 마지막 홍차를 들이켰다. 이제 떠나야 할 시간이었다.

18.        Nepal

# 꿈의 히말라야 입성

네팔의 수도인 '카트만두'는 보는 둥 마는 둥
하고 '안나푸르나'의 전진 기지 '포카라'에 입성했다. 네팔이 조금 섭섭하
겠지만 네팔로 넘어온 이유는 오로지 히말라야 때문이다. 다른 것엔 관
심도 없다. 히말라야는 여행자뿐 아니라 누구나 꿈꾸는 곳이지 않나! 네
팔에선 한눈팔지 않고 히말라야랑 깨가 쏟아지게 놀다가 미련 없이 다시
인도로 넘어갈 심산이다.

히말라야산맥을 따라 펼쳐지는 수많은 트레킹 코스 중 대한민국 국민
코스라 불리는 '안나푸르나 베이스캠프' 트레킹을 선택했다. 영문 앞 글
자를 따서 일명 'ABC'라 불리는 이 코스는 나 같은 히말라야 초짜도 최
소한의 체력과 의지만 있다면 완주 가능한 비교적 수월한 코스다. 완주
까지 일주일 정도 소요되지만 나는 그 사이에 '푼 힐'이라는 전망대를 껴
넣어 아마도 하루 이틀 더 머무르게 될 것 같다.

압구정동의 성형외과만큼이나 많은 포카라의 등산 용품점을 꼼꼼하
게 비교하며 필요한 트레킹 장비를 마련했고, 슈퍼마켓에서 최소한의 비

상식량도 샀다. 그리고 머무는 숙소에 짐도 맡겼다. 하루 만에 벼락치기로 모든 준비를 마쳤다.

ABC 코스의 시작점인 '나야풀'은 등산복 차림의 예비 트레커들로 북적였다. 그래도 명색이 히말라야인데 그들 대부분이 단체 관광객이었다. 북한산 계곡 앞 파전집 같은 분위기라 대장정을 앞두고도 아무런 긴장감이 없었다. 그들 곁에는 어마어마한 크기의 배낭을 짊어진 포터(트레커들의 짐을 들어주는 직업 짐꾼)들이 있었다. 그들은 보통 20킬로그램 정도의 짐을 들쳐 메고 산행을 한다고 한다. 포터들의 초인적인 힘도 놀라웠지만 산행하는 데 대체 뭔 짐이 그리 많을까도 놀라웠다. 나만 혼자였다. 달려드는 파리 떼보다 주렁주렁 매달린 짐을 더 싫어하는 나는 장기 여행 때도 책가방만 한 작은 배낭을 메고 다닌다. 이번 트레킹도 예외 없이 30리터짜리 등산 배낭을 빌려 그 안에 4킬로그램 남짓의 짐만 넣었다. 굳이 돈을 지불하고 포터를 고용할 이유가 없었다.

인파를 뚫고 안나푸르나로 향하는 첫발을 내디뎠다. 처음에는 무난한 평지가 계속 이어졌다. 맑은 공기까지 곁들여져 콧노래가 흘러나왔다. 한 시간 정도 경중경중 뛰듯이 걷고 나니 체크 포인트(검문소)가 나왔다. 포카라에서 미리 받아 온 입산 허가증에 도장을 받고 본격적인 오르막 코스에 들어섰다. 초입에 있는 등반 안내문을 확인했다. 오늘의 목적지 '울레리' 마을까지의 소요 시간은 네 시간 반이었다. 산 타러 왔는데 하루 네 시간쯤이야! 하룻강아지 범 무서운 줄 모른다고 나는 그저 신나기만 했다. 완만한 오르막이 시작되고 나서야 땀샘이 활동을 시작했다. 하지만 내 땀방울이 히말라야 지천에 흩뿌려지는 것조차 영광이었다. 지그재그로 이어진 오르막 흙길을 바지런히 걸었다. 따로 표지판도 없었고 동

딱 하루만 평범했으면

행하는 가이드도 없었지만 등산로가 잘 조성되어 있어 길을 잃을 염려는 없었다. 물론 강남역 6번 출구에서 7번 출구 가는 길조차 헷갈리는 길치라면 애를 먹을 수도 있겠지만.

12월인데도 곳곳에 꽃이 만개해 있었다. 매미까지 시끄럽게 울어댔다. 모두 히말라야 트레킹이라 하면 혹독한 추위를 뚫고 계속 눈밭을 걸을 거라 생각하지만(내가 그랬다!) 네팔은 한겨울에도 낮 최고 기온이 20도에 육박하는 따뜻한 나라다. 고로 산행을 하면 땀이 줄줄 흐를 정도로 덥다. 두꺼운 파카와 침낭 등 방한 용품은 산행을 위해 쟁여 가는 것이 아니라 난방이 안 되는 산장에서 잘 때 얼어 죽지 않기 위해 가져가는 것이다. (히말라야의 새벽 기온은 영하로 떨어진다.) 그러니 산을 탈 때는 짐만 되는 애물단지 같은 것들이 바로 방한 용품이다. 해발 고도가 3000미터를 넘지 않는 이상 만년설을 밟을 일도 없다. 고도가 낮은 코스 초반부에는 눈밭을 걸을 일이 없다는 뜻이다.

역시 첫날이라 그런지 딱히 힘든 구간은 없었다. 종종 돌계단이 이어졌지만 급경사는 아니었다. 급경사의 기준은 간단하다. 열댓 계단 정도 올랐는데 숨을 가다듬어야 한다면 급경사이고 쉰 계단씩 쭉쭉 치고 올라갈 수 있다면 완만한 계단이다. 오르막이든 계단이든 완만했다. 게다가 산책로 곁으로 부룽디강이 청아한 목소리로 졸졸거리며 러닝메이트를 해주어 피로를 반감시켜주었다.

그냥 신이 났다. 아직 설산은 고개도 내밀지 않았지만 산과 강과 푸른 하늘의 조합은 영원불변의 아름다움이었다. 중간중간 등장하는 알록달록한 산악 마을에서 차도 한 잔 마시고 강물에 발도 담그며 쉬어 갔다. 말동무가 없어 심심한 건 있었지만 재촉하는 사람도, 기다려야 할 사람도 없으니 여유로웠다.

거침없이 해발 1500미터에 자리 잡은 '티케둥가' 마을에 다다랐다. 이거 히말라야 트레킹이 맞나 싶을 정도로 참 쉬운 여정이었다. 자만감에 도취되어 빠르게 마을을 지나쳤다. 불현듯 나온 계곡 사이에 작은 폭포가 있었고 그 사이를 출렁다리가 잇고 있었다. 나는 다리 위에서 일부러 몸을 흔들며 스릴을 즐겼다.

하지만 좋은 시절은 딱 여기까지였다. 히말라야는 지금까지 자기를 우습게 봤냐며 거침없이 채찍을 뽑아 들었다. 다리를 건너 코너를 돌자마자 생전 본 적 없는 게 나타났다. 계단은 분명 그 끝이 보여야 하는데 끝이 보이지 않는 계단이었다. 마치 계단으로 이루어진 벽 같달까. 뭔가 중간 과정이 없는 듯했다. 시시덕거리며 더하기 빼기를 하고 있는데 다음 문제로 미적분이 나온 것 같았다. 유치원을 졸업했는데 고등학교를 가야하는 것 같았다. 심지어 계단 장벽은 도가니에 기름칠 좀 해줘야 할 만큼 경사가 급했다. 지금까지의 웃음기를 싹 걷어내고 계단을 오르기 시작했다. 룰루랄라를 흥얼대던 입에서 단내가 나기 시작했다.

한 1000계단쯤 올랐나? 땀구멍이 폭발해 온몸이 땀으로 흥건한데 계단은 여전히 그 끝을 보여주지 않았다. 채찍질을 했으면 단 10미터라도 평지나 내리막이라는 당근을 주어야 하는데 채찍질 뒤에 채찍질, 계단 넘어 계단이었다. 한 시간을 넘게 내리 계단을 올랐는데 역시 기다리는 건 또 계단이었다. 뒤를 돌아보니 아까 여유를 즐겼던 출렁다리가 개미처럼 작게 보였다. 이게 진짜 히말라야구나. 날숨에 밀려 목젖이 입 밖으로 튀어나올 만큼 헉헉대며 계단 오르기를 무한 반복했다. 하지만 아무리 올라도 계단이 사라지지 않았다. 밑 빠진 독에 물 붓는 기분이었다.

딱 하루만 평범했으면

'아유, 진짜 지랄하고 자빠졌네.'

내 평생 계단에 대고 욕을 하는 건 처음이었다. 정말 욕 나오게 힘들었고, 토 나오게 힘겨웠다. 계단 곳곳에 널려 있는 당나귀 똥을 눈으로 확인하고도 밟았다. 발을 들었는데 바로 아래에 있는 똥을 피해 발을 디딜 기력이 없었다. 트레킹 첫날부터 체력이 썰물처럼 빠져나갔다.

한 시간 반 가까이 단 1미터의 평지도 없는 계단을 죽어라 오르고 나서야 첫날의 최종 목적지인 울레리 마을에 도착했다. 탈진 직전이었다. 그럴 만도 한 게 울레리까지의 돌계단이 약 4000개란다. 발품을 팔 힘은커녕 흥정을 할 목소리도 나오지 않았다. 무작정 처음 나온 산장(롯지)에 쳐들어가 방을 달라고 외친 뒤 로비에 주저앉았다. 지옥의 계단 끝엔 천국의 침대가 기다리고 있었다. 주인장이 내어준 두 평 남짓한 방은 낙원이었다. 감히 씻을 생각도 못하고 침대 위에 장렬히 쓰러졌다. 트레킹 초반의 여유는 싹 사라졌다. 이런 산행을 일주일이나 반복할 수 있을까? 현실적인 두려움을 품으며 눈을 감았다.

딱 하루만 평범했으면

# 포터 구조 일지

　　　　　　안나푸르나 베이스캠프 트레킹 3일 차. 해가 뜨기도 전인 새벽 5시. 여전히 혼잣말로 욕을 하며 돌계단을 올랐다. 코스에서 잠시 벗어나 히말라야 최고의 전망대로 통하는 푼 힐로 향하는 길. 며칠째 무릎의 연골이 고통에 몸부림치며 절규하고 있지만 멈출 수가 없었다. 아니, 오히려 속도를 내야 했다. 휴대폰 불빛에 의지해 족히 1000개가 넘는 계단을 실성한 좀비처럼 기어올랐다. 일출을 놓칠세라 꼭두새벽부터 있는 체력 없는 체력을 다 끌어 쓰다 보니 영하의 기온에도 땀이 폭포수처럼 쏟아져 온몸이 젖어버렸다.

　　푼 힐 정상에 도착하는 데에만 한 시간이 걸렸다. 새벽 6시에 오늘 체력의 절반이 소진됐다. 다행히도 보상은 확실했다. 이틀간 볼 수 없던 키다리 설산이 360도 사방에서 튀어나왔다. 정면에 솟아 있는 '다울라기리' 1봉의 높이가 무려 8177미터다. 1947미터의 한라산이 최고봉인 나라에서 온 내게 8000미터의 산을 보는 건 비현실이나 마찬가지다. 다울라기리 1봉과 연결되어 있는 2~5봉도 죄다 7000미터대를 자랑한다. 다

울라기리의 다섯 봉우리만 차곡차곡 쌓아도 4만 미터, 즉 40킬로미터란 소리다. 체감상 땅보다 하늘에 더 가까워 보이는 봉우리들인데 저런 고봉의 정상을 정복하는 산악인들은 도대체 얼마나 대단한 사람들일까, 감탄이 절로 나왔다.

며칠 뒤면 가까이에서 만나게 될 안나푸르나 봉우리도 다울라기리 형제에 뒤지지 않고 어깨를 으쓱거렸다. 역시 모두 7000미터 이상의 고봉들이다. 네팔인이 신성시 여겨 입산이 금지된 '마차푸차레'도 모습을 드러냈다. 봉우리의 정상이 물고기의 꼬리지느러미 같아 '피쉬 테일'이라는 애칭으로 더 친숙한 마차푸차레의 높이는 억울하게도 6997미터다.

딱 하루만 평범했으면

산이 말을 할 수 있다면 주변의 덩치들이 '7000미터도 안 되는 주제에!'
라며 무시했을 게 뻔하다.

히말라야의 슈퍼스타들을 한눈에 볼 수 있다는 게 새삼 감사했다. 올
라오며 저주를 퍼부었던 푼 힐까지의 돌계단에 사과하고 싶었다. 아니,
겨우 한 시간밖에 안 올랐는데 히말라야의 하이라이트를 몰아 보여준 계
단에 하염없이 머리를 숙이고 싶었다.

나는 사람들이 모두 떠난 시간까지 푼 힐에 홀로 남아 히말라야를 감
상했다. 실제로 내가 하산할 땐 푼 힐에 아무도 남아 있지 않았다. 6시에
푼 힐에 올랐는데 어느새 10시였다. 대다수의 트레커들은 7시쯤 하산해

오늘의 코스를 시작했을 것이다. 홀로 산을 타다 보니 시간 감각이 무뎌졌다.

그러면 안 되는 줄 알면서도 마음이 급해져 자꾸 계단을 뛰어올랐다. 푼 힐에 너무 오래 머물렀다는 사실을 산행을 시작하며 깨달았다. 오늘의 목표 지점인 '타다파니' 마을로 가는 도중 해가 저물지도 모른다는 두려움에 발걸음이 빨라졌다. 안 그래도 푼 힐 새벽 산행에 체력을 당겨썼는데 뛰듯이 걷다 보니 현기증까지 피어올랐다. 시나브로 3000미터대에 진입한 영향도 한몫했다. 이젠 체력뿐 아니라 고산병까지 신경 쓰며 산을 올라야 하는 것이다.

한 시간 반쯤 가파른 계단을 상대로 속력을 냈다. 당연히 다리에 힘이 풀렸다. 컨디션 조절에 완전히 실패했다. 버퍼링 심한 동영상처럼 서너 계단 사이에서 가다 서다를 반복했다. 종종 무념무상의 시간이 찾아와 내가 이걸 왜 하고 있나, 라는 자학에 빠지기도 했다. 하지만 나의 사정을 봐줄 리 없는 산은 계속해서 오르막과 돌계단을 토해냈다.

울창한 숲과 멀리 보이는 설산의 아름다움에 한눈을 팔 시간이 없었다. 오르고 또 올라도 계속해서 등장하는 울퉁불퉁한 돌계단은 나에게 통곡의 벽이었다. 거의 탈진 상태로 몸을 질질 끌며 이동했다.

그렇게 어느 정도 올랐을까. 길 옆에 한 남자가 누워 있었다. 분명 나처럼 탈진해서 잠깐 몸을 뉘여 쉬고 있겠거니 하고 길을 가려는데 아무래도 남자의 상태가 심상찮았다. 가까이 가보니 본 남자는 거품까지 물고 있었다. 내가 깜짝 놀라 물었다.

"아 유 오케이(괜찮아요)?"

"노, 낫 오케이(안 괜찮아요)."

딱 하루만 평범했으면

보통 '아 유 오케이?' 뒤에는 기계적으로 '아임 오케이.'가 오기 마련이다. 그런데 '낫 오케이.'라 외친 걸 보면 상황이 심각한 게 틀림없었다. 큰일 났다 싶어 일단 그의 옆에 앉았다. 배낭에서 타이레놀을 꺼내 이거라도 먹겠냐고 물으니 제발 뭐라도 달라는 애절한 답변이 들려왔다. 그는 내가 약과 물을 건네자마자 우선 물 한 통을 벌컥벌컥 모두 비웠다. 아니, 내 피 같은 물을…. 눈이 완전히 풀려버린 이 친구는 다름 아닌 네팔인 포터였다. 트레커의 짐꾼 역할을 하는 전문 포터가 산중에 쓰러져 있다니. 원숭이가 나무에서 떨어진 격이었다. 아니 이게 무슨 말도 안 되는 상황인가.

"이봐요. 정신 차려요. 무슨 일이 생긴 거예요?"

"모르겠어요. 포터 일은 이번이 처음인데 지금 여기가 어딘지도, 내가 어디로 가야 하는지도 모르겠어요."

그는 패닉 상태에 빠져 있었다. 하긴 나도 여기까지 오며 죽을 뻔했는데 엄청난 짐을 지고 고개를 넘는 게 쉬운 일은 아니었을 것이다. 게다가 포터 일은 처음이라지 않나. 우선 긴급 조치를 취해야 했다. 나는 그를 평평한 곳에 눕히고 그가 정신을 차릴 때까지 말동무 역할을 자처했다. 잠시 뒤, 포터가 정신이 좀 드는지 벌떡 일어섰다.

"태국 관광객의 짐을 들고 가는 중인데 그들이 나를 앞서간 지 한참 됐어요. 빨리 따라잡아야 해요."

말을 마친 그의 눈이 다시 풀렸다. 이러다 사람 잡겠다 싶어 다음에 나오는 마을까지 동행하자고 제안했다. 25킬로그램이나 된다는 그의 짐을 나눠 들고 그를 부축했다. 짐이 적어 포터를 고용하지 않았는데 포터의 짐을 나눠 들고 포터를 부축해 산행을 하는 상황이라니. 정말 아이러니는 생각지도 못한 곳에서 일어난다. 사실 나도 멀쩡한 상태가 아니어서 그와 동행을 하는 내내 이를 악물어야 했다.

히말라야의 계단 폭격을 정통으로 맞은 기구한 운명의 두 사내가 절뚝이며 이인삼각을 이어갔다. 약 20분 만에 겨우 산장과 식당이 있는 마을에 도착했다. 나눠 든 짐이 어찌나 무거운지 당장 내가 죽을 판이었다. 짐을 내려놓고 바위에 걸터 앉으려는데 갑자기 포터가 가슴을 부여잡고 고통스러워했다. 나는 얼른 그에게 비상식량으로 가져왔던 초콜릿을 하나 건넸다. 그는 30초 만에 초콜릿을 해치우곤 급하게 일어섰다.

"고마워요. 그런데 일행과 너무 많이 떨어져서 바로 가야 할 것 같아요."

"미쳤어요? 이러다 진짜 죽어요. 밥은 먹었어요?"

어차피 나는 이 마을에서 늦은 점심을 먹고 갈 생각이었다.

"아뇨. 밥이 문제가 아니에요. 뒤처지면 문제가 생겨요."

밥보다, 아니 생명보다 더 큰 문제가 어디 있단 말인가! 나는 그를 강제로 식당으로 끌고 가 의자에 앉혔다. 여전히 그의 눈동자엔 초점이 없었다. 이대로 다시 출발했다간 정말 목숨이 위험할 것 같았다. 여기는 첩첩산중의 히말라야다. 아까처럼 쓰러졌다가는 다시 일어설 수 없을지도 모른다.

식당에서 따뜻한 홍차 두 잔과 바로 먹을 수 있는 삶은 계란을 왕창 시켰다. 그는 허겁지겁 차와 계란을 입에 욱여넣기 시작했다. 몸의 온기를 되찾고 에너지가 보충되자 어느 정도 정신이 드는 것 같았다. 이야기를 들어보니 그는 최근까지 사우디아라비아와 인도 등을 돌며 일을 했고, 이번에 고향으로 돌아와 포터 일을 시작했단다.

"새로 구한 일이 잘 안 맞는 것 같은데요?"

"그렇죠. 저도 그렇게 생각하고 있어요. 하하."

　30분쯤 이야기를 나누며 휴식을 취하자 이젠 농담을 주고받을 정도로 여유가 생겼다. 임금 수준이 높은 한국에서 일하고 싶은 생각이 간절한데 한국어 시험에 낙방했단다. 하지만 한국어 수준은 제법이었다. 그가 몸을 던져가며 포터 일을 하고 받는 임금은 하루 10달러 정도. 종일 25킬로그램의 짐을 짊어지고 히말라야의 악명 높은 산을 넘는 노동의 대가치고는 말도 안 된다는 생각이 들었다. 갑작스레 치타공의 선박 해체 노동자들이 떠올라 가슴이 퍽퍽해졌다. 노동 환경이야 포터가 낫지만 노동 강도나 임금 수준은 둘 다 21세기에 벌어져선 안 될 수준이었다. 아무튼 한참 이야기를 나누다 보니 포터의 얼굴에 혈색이 돌기 시작했다. 다행이었다. 나 역시 마음 급하게 산행을 이어갈 뻔했는데 그 덕분에 적당히 쉴 수 있었다. 이제 그를 잡아둘 명분이 없었다.

　계산을 하러 카운터로 향했다. 그런데 사장님이 괜찮다며 슬며시 나를 떠밀었다. 아까 포터와 사장님이 네팔어로 이야기를 나눴는데 아마도 포터가 내 얘기를 한 모양이었다. 사장님은 계속해서 돈을 받지 않겠다고 고집을 부렸다. 네팔 사람을 도와줘서 고맙다며 그냥 가라고는 하는데 어떻게 그럴 수가 있나. 히말라야의 산장은 물가가 굉장히 높은 편이다. 캔 음료가 4000원에 육박하고 삶은 달걀 하나도 1500원쯤 한다. 볶음밥 한 그릇에 1000원에 불과한 네팔 물가에 비하면 매우 높은 수준이다. 산장까지 재료 조달의 어려움이 있기 때문이다. 그 어려움을 잘 알고 있기 때문에 더더욱 확실하게 계산을 하고 싶었다. 그런데 사장님은 끝내 만원 가까운 음식비를 받지 않으려 했다. 결국 나는 절반 정도 되는 금액을 억지로 사장님에게 건넸다.

포터 친구에게 조금 더 쉬라고 말한 뒤 먼저 자리에서 일어났다. 앞으로는 계속 내리막이라 짐 없는 내 속도가 더 빠를 것이기도 하고 계속 동행하기에는 그가 부담을 느낄 수도 있을 것 같았다.

헤어지기 전, 포터의 짐을 한번 들어보겠다고 호기를 부려봤다. 히말라야의 포터들은 배낭을 어깨에 메지 않고 줄로 묶은 뒤 이마에 메고 다닌다. 머리의 힘을 이용해 짐을 이고 가는 것이다. 그가 헤죽헤죽 웃으며 내 이마에 25킬로그램짜리 짐을 걸어주었다. 천천히 조심해서 일어서는데도 목이 뒤로 꺾였다. 와, 이렇게 무겁구나. 나는 겨우 몸을 일으켰지만 곧 술 취한 사람처럼 비틀거리다 뒤로 주저앉았다. 나도 그도 배꼽이 빠지도록 깔깔거렸다. 흐뭇한 미소를 머금고 있는 그를 뒤로하고 나는 다시 타다파니를 향해 발걸음을 재촉했다. 해가 지기 전에 도착할 수나 있을지 모르겠다.

딱 하루만 평범했으면

20.　　　　　Nepal

# 뜻밖의 고백

　　　　　　　　　오른쪽 엄지발가락에 생긴 물집이 점점 부풀
어 올랐다. 언제 터질지 모르는 시한폭탄을 들고 산행하는 기분이었다.
고작 산행 나흘 만에 벌어진 일이었다. 물집으로 통통해진 발가락을 땅
에 잘 딛지 않다 보니 왼발에 무리가 가는 악순환이 이어졌다. 그래도 꼴
에 나흘의 경험이 쌓였다고 돌계단도, 오르막도 이젠 조용히 올랐다. 어
제까지만 해도 쌍욕과 저주를 뱉어가며 오르던 것에 비하면 양반이었다.

　비교적 순조로운 하루였지만 최종 목적지인 '시누와' 마을로 오르는
돌계단은 산행 첫날 울레리에 오를 때 나타났던 계단만큼 힘겨웠다. 시
누와를 500미터 앞두고 다리가 또 풀려 계단에 한참을 누워 있어야 했다.
지친 몸을 질질 끌고 겨우 시누와에 도착해 짐을 풀었다. 오후 5시였다.

　히말라야의 밤은 심심하고 무료했다. 온통 어둠으로 뒤덮여 주변의 멋
진 풍광은 시야에서 사라졌다. 밤은 길지만 즐길 거리가 없었다. 산골 깡
촌에 와이파이가 터질 리 만무했고 텔레비전이나 컴퓨터도 있을 리 없었
다. 전자기기 충전을 하려면 돈을 지불해야 하기 때문에 휴대폰도 카메

라도 배터리를 아껴가며 알뜰살뜰 써야 했다. 밤이 되면 아예 전기까지 차단됐다. 트레커 대부분은 산장에 도착하자마자 일찌감치 저녁을 먹지만 잠들기엔 워낙 이른 시간이다 보니 보통 숙소 식당에 남아 수다를 떨거나 게임을 한다. 시누와 숙소의 트레커들도 마찬가지였다.

저녁을 먹기 위해 식당에 들어서자 이미 식사를 마친 예닐곱의 트레커가 서로의 무용담을 자랑하며 카드 게임을 하고 있었다. 화투만 가져왔다면 저들에게 '고스톱'의 신세계를 가르치며 밤늦도록 무료함을 날려버렸을 텐데! 저녁 식사를 마치고 나도 그들 사이에 끼어들었다. 네덜란드, 독일, 브라질, 중국, 국적도 다양했다. 이제 한국이 추가되었다.

"가이드나 포터 없이 혼자 산을 타는 거야? 대단하다!"

브라질에서 온 앳된 청년이 내게 감탄사를 날렸다.

"그러다 쓰러지면 어쩌려고? 포터는 둘째 치고 보험으로 가이드는 있어야지."

독일 커플이 오지랖을 날렸다. 모두 포터 혹은 길잡이 역할을 하는 가이드와 산행 중이었다. 그들의 말에 답하기엔 너무 지쳐서 나는 그저 웃음만 지었다.

많은 트레커들이 산을 오르내리다 산장에서 조우한다. 누구는 올라가는 길이고 누구는 내려가는 길이다. 독일 커플과 중국 여인은 이미 안나푸르나 베이스캠프를 찍고 내려가는 길이었다. 그들이 정상에서 찍은 사진을 보여주었다. 스포일러임을 알면서도 안 볼 수가 없었다. 장엄한 안나푸르나 설산이 휴대폰 화면 안에 가득했다. 역시나, 그들이 경망스럽게 자랑할 만한 풍경이었다. 나도 며칠 뒤면 볼 수 있다는 사실에 가슴이 막 두근거렸다.

"전화번호 좀 찍어줘요."

휴대폰으로 사진을 보여주던 중국 여인이 뜬금없이 나의 번호를 요구했다. 나는 히말라야 산장에서도 전화번호를 요구받는 인기남이구나. 우쭐해졌다. 심지어 다시 보니 그녀는 전형적인 중국 미인이었다. 속물 같았지만 전화번호를 건네지 않을 이유가 없었다.

"장기 여행 중이라 전화는 정지 중이에요."

나는 전화번호 대신 내 SNS 주소를 건넸다. 와이파이가 터진다면 바로 친구를 맺었겠지만 그녀의 휴대폰에 주소를 한 글자씩 입력하는 것도 나름대로 낭만이 있었다. '올~!'은 만국 공통어인지 나머지 친구들이 알콩달콩한 우리의 모습을 보며 호들갑을 떨었다. 워낙 할 일이 없는지라 곧 그 자리에 있던 모든 이들이 서로의 SNS 주소를 공유했다. 아마 하산 뒤엔 SNS 프로필 사진이 모두 안나푸르나 배경이겠지.

이야기는 초저녁까지 이어졌고 브라질 청년이 자리에서 일어날 때 나도 씻기 위해 방으로 돌아갈 채비를 했다. 그런데 옆에 앉아 있던 중국 미녀가 더 놀다 가라며 내 옷을 잡아챘다. 기분이 나쁘진 않았지만 왠지 부담스러웠다. 안 그래도 친구들과 이야기꽃을 피우는 내내 민망하게 내 얼굴만 쳐다보던 그녀였다. 나머지 친구들이 그 점을 지적하며 계속 놀리기도 했다. 내가 주저하자 그녀는 아예 내 손을 잡고 자기 쪽으로 잡아당겼다. 기분이 야릇했다. 이토록 당돌한 여성이라니. 대놓고 그런 라이트라니. 하지만 나는 유혹을 뿌리쳤다.

"씻고 다시 올게요."

산장에 도착해 열 일 제치고 밥부터 먹은 터라 이제 정말로 씻고 싶었다. 다소 매몰차게 자리를 박차고 일어났다. 손이 얼얼해질 정도의 찬물로 고양이 세수를 하며 생각했다. 아무리 생각해도 히말라야는 여행지의 로맨스를 꿈꾸기엔 적당한 곳이 아니었다. 솔직히 내 꼴도 말이 아니었다. 나흘째 샤워도 못하고(물이 차가워 샤워는 꿈도 못 꾼다.) 땀에 절어 있는데다 체력도 바닥이었다. 있는 체력 없는 정신 다 끌어 써도 안나푸르나 베이스캠프에 도착할 수 있을지 미지수였다. 다른 이유는 없었다. 하필이면 히말라야였다.

대충 몸을 씻어내고 양말을 빤 뒤 식당으로 향하지 않고 방으로 들어왔다. 한기가 돌아 이불을 뒤집어쓰고 휴대폰을 꺼냈다. 밝기를 최대로 낮추고 배터리를 아껴가며 여행 일기를 썼다. 그렇게 30분쯤 지났을까? 누군가 방문을 두드리는가 싶더니 삐거덕 문이 열렸다. 내가 묵는 방은 다인실이라 방문이 잠겨 있지 않았다. 새로운 트레커가 체크인을 했겠거니 생각하고 이불 속에서 살짝 얼굴만 내밀었다. 어둠 속에서 한 사람의 실루엣이 보였다. 이어서 그 사람의 목소리도 들려왔다.

"다시 온다면서요. 뭐 해요?"

헉! 그녀였다. 너무 당황해 변명거리를 찾느라 머리를 굴렸다. 어색한 침묵이 이어졌고 안 되겠다 싶어 자리를 박차고 일어나려는 순간 나를 얼게 만드는 말이 들려왔다.

"저랑 내일 포카라로 같이 내려갈래요? 제가 사흘 뒤에 중국으로 돌아가야 하거든요. 안나푸르나는 제가 보여줬으니까 같이 포카라로 내려가요."

말도 안 되는 요청이자 감미로운 유혹이었다. 별의별 생각이 다 들었다. 그 짧은 시간에 묘령의 여인과 안나푸르나를 비교했다. 하지만 아무리 생각해도 여기까지 와서 히말라야의 여신이라 불리는 안나푸르나를

딱 하루만 평범했으면

포기할 순 없었다. 여인과 여신의 대결은 당연히 여신의 승리로 끝났다. 함께 올라가는 여정이었다면 흔쾌히 승낙했겠지만 안나푸르나를 포기하고 하산에 동의할 수는 없었다. 굳게 마음을 먹었다. 그런데 대답을 할 수가 없었다. 섣부른 대답으로 그녀에게 미련을 주고 싶지 않았다.

"자요?"

몹시도 치명적인 한마디가 가슴을 후벼 팠다. 하지만 나는 조용히 이불을 얼굴 쪽으로 끌어당길 수밖에 없었다.

# 안나푸르나와의 조우

초인적인 힘을 발휘해 이번 트레킹 최종 목적지를 향해 걸었다. 심각한 발가락 부상에도, 경로를 이탈해 푼 힐 전망대를 찍었음에도, 더욱이 당돌했던 중국 미녀의 유혹에도 트레킹을 시작한 지 엿새 만에 안나푸르나 베이스캠프에 접근했다.

아침부터 날이 매우 맑아 해 지기 전에 베이스캠프에 도착한다면 더욱 환상적인 모습을 만날 수 있을 것 같았다. 구름이나 안개에 숨은 설산보다는 쨍한 얼굴의 설산이 더 예쁠 테니까. 그리하여 새벽부터 트레킹에 박차를 가했다. 중간 경유지 마차푸차레 베이스캠프(MBC)를 찍기 위해 전체 코스 중 가장 위협적인 대협곡을 가로질렀다. 이곳은 고속도로로 치면 사고 다발 지역으로 2003년 겨울, 세 명의 서양 여행자가 눈사태로 목숨을 잃는 비극이 발생하기도 한 험준한 협곡이었다. 눈은 쌓여 있지 않았지만 뭔가 으스스한 기분이 들어 발걸음을 재촉했다. 높은 바위산이 해를 가려 춥기까지 했다. 오르막이나 돌계단은 없었지만 여기저기 바위와 자갈이 삐죽빼죽 솟은 길이라 속도도 나지 않았다. 해발 4000미터에 다다르니 옅은 고산병 증세도 찾아와 머리가 띵했다. 하지만 묵묵히 걷는 수밖에 없었다.

그렇게 산장을 떠난 지 두어 시간쯤 지나자 저 멀리 마차푸차레 베이스캠프가 눈에 들어왔다. 그 오른편으로는 포카라 시내에서 넋 놓고 바라보았던 마차푸차레가 웅장한 모습을 자랑하며 나를 내려다보고 있었다. 스위스의 '마테호른', 네팔의 '아마다블람'과 함께 세계 3대 미봉으로 알려진 아름다운 산이다. '아름다운'이란 형용사는 지극히 주관적인 평가라 부질없는 순위랄 수도 있겠지만 물고기의 꼬리지느러미 같은 마차푸차레의 날카로운 봉우리는 객관적으로 보아도 아름다웠다.

곧 캠프로 올라가는 가파른 계단이 나타났다. 사실상 마지막 돌계단이었다. 며칠 전까지만 해도 보기만 하면 다 부숴버리고 싶던 돌계단이 이제는 정겨웠다. 원수도 며칠간 붙어 있으면 정이 드는 게 인지상정. 하지만 정이 들었다고 해서 계단을 오르는 게 쉬워진 건 아니었다.

들숨과 날숨의 간격을 점점 줄이며 천천히 계단을 정복했다. 그리고 드디어 햇살을 잔뜩 머금은 마차푸차레 베이스캠프에 다다랐다. 나는 얼른 뷰 좋은 카페의 야외 테라스에 자리를 잡고 레몬티 한 잔을 홀짝이며 마지막 작전 타임을 가졌다. 안나푸르나 남봉이 지척이었다. 왼쪽으로 마차푸차레가, 오른쪽으로 안나푸르나가 든든히 곁을 지켜주었다. 아이유와 수지에 버금가는 놀랍고 황송한 조합이었다. 레몬티가 다디달았다.

이제 여신을 영접하러 갈 시간. 안나푸르나는 산스크리트어로 '수확의 여신'이라는 뜻이다. 모습도 이름도 영락없는 여신인 것이다. 이번 여행의 절정이 될 안나푸르나 베이스캠프를 향해 첫발을 내디뎠다.

전면에 등장한 새하얀 설산에 눈이 부셨다. 차근차근 몇 개의 언덕을 넘었다. 그럴수록 해발 고도는 높아졌고 고산병이 예정된 폭격을 시작했다. 한두 발자국만 걸어도 숨이 차고 정신이 몽롱해졌다. 마음을 굳게 먹었다. 서둘러 산장을 나선 덕에 아직 정오도 되지 않은 시간이었다. 바쁠 이유가 없었다. 두통은 심해졌고 기압 탓에 숨쉬기도 어려웠다. 충분히 예상했던 고난이었다. 정신을 똑바로 차리고 최대한 느리게 걸었다. 안나푸르나가 잡힐 듯 가까이 보였지만 서둘지 않았다. 며칠간 산을 타며 터득한 게 있다. 산은 정직하다는 것. 아무리 숨이 차도, 죽을 것같이 힘이 들어도 한 발 한 발 오르다 보면 정상이 나온다는 것.

이렇게 나는 나를 관대하게 품어줄 안나푸르나 여신 곁으로 조금씩 다가갔다. 얼마 남지 않은 치약을 짜내듯 모든 힘을 쥐어짜며 걷고 또 걸었다. 몸은 이미 한계를 넘어섰지만 눈앞에 펼쳐지는 놀라운 풍경이 연료 역할을 했다. 앞에는 안나푸르나의 여러 봉우리가, 뒤를 돌면 마차푸차레가 있었다. 그리고 드디어, 드디어 그곳에 다다랐다!

'We achieved(우리가 해냈다)!'

베이스캠프로 들어서는 입구에 적힌 글귀를 보자마자 울컥했다. 십수 년 동안 꿈만 꾸었던 안나푸르나였다. 성취감은 이루 말할 수 없었다. 홀로 이 여정을 마쳤다는 생각에 스스로가 자랑스러웠다. 악몽 같았던 엿새간의 고생도 순식간에 추억으로 포장되었다. 누군가 '장하다, 태원준!' 이란 플래카드라도 들고 있었더라면 더없이 감격스러웠겠지만 베이스캠프에서 처음 만난 이가 건넨 말은 무척 직설적이었다.

"방 구했어요?"

베이스캠프에 위치한 어느 산장 주인이었다. 사력을 다해 여기까지 왔는데 첫마디로 방 구했냐는 말을 하다니…. 숨을 꼴딱거리며 이곳에 도

착한 모두에게 그 말을 할 거라 생각하니 웃음만 나왔다. 어쨌든 적극적인 호객 행위를 한 그 사장님을 따라가 한 산장에 짐을 풀었다. 축하주를 한잔해야 했다. 그간 가장 마시고 싶었지만 비싸서 못 마셨던 탄산음료를 시원하게 한 캔 땄다. 안나푸르나 프리미엄이 붙어 4200원이었다. 북유럽보다 비싼 물가였지만 포터들의 고생을 누구보다 절절하게 느끼며 왔기에 전혀 아깝지 않았다. 목에서 팡팡 터지는 탄산 때문에 온몸이 간질간질했다. 과연 '인생 음료'였다. 여기선 뭘 해도 그 앞에 '인생'이란 단어를 붙일 만한 가치가 있었다. 이어서 '인생 라면'을 한 그릇 했다. 설산 병풍 속에서 호로록 넘어가는 라면은 인생 라면 수준이 아니라 카테고리를 한참 확장시킨 '인생 음식'이었다. 이어서 '인생 홍차'도 한잔했다.

이제 떨어졌던 당도 채웠고, 바닥났던 체력도 채웠다. 가슴이 두근거렸다. 그분을 만날 시간이었다. 산장을 돌아 나왔다. 그리고 안나푸르나

딱 하루만 평범했으면

봉우리를 마주했다. 그렇게도 열기 힘들었던 안나푸르나로 통하는 문이 활짝 열렸다.

"하아!"

6일간의 개고생을 단 6초 만에 보상받았다. 적절한 표현이 도무지 떠오르지 않는 풍경이었다. 여행을 하다 보면 '언어'라는 것이 참 보잘것없이 느껴질 때가 있다. 인류가 만들어낸 위대한 발명품이자 우주 만물을 이야기할 수 있는 게 언어이지만 그 언어로도 절대 표현할 수 없는 풍경들이 종종 나타난다. 물이 가득 찬 볼리비아의 '우유니 소금 사막'이 그랬고, 터키 '카파도키아'의 기암괴석이 그랬다. 그런 풍경을 언어로 표현하는 건 호기로운 도전일 뿐이었다. '아름답다' '멋지다'라는 표현이 오히려 결례가 될 수도 있었으니까. 테레사 수녀를 단순히 '착하다'라고 말하는 것과 같은 이치랄까.

지금 내 앞에 말을 잊게 만드는 광경이 펼쳐져 있다. '크다' '높다'라는 묘사는 할 수 있지만 놀라운 풍경을 담아낼 형용사는 도저히 찾을 수 없었다. 돌멩이 하나를 집어 힘껏 던지면 닿을 만한 거리에 안나푸르나 남봉(7210미터)과 안나푸르나 제1봉(8091미터)이 어깨동무를 하고 있었다. '히운출리' '강가푸르나' '텐트 피크'… 모험가들이 목숨을 걸고 오르려 했던 봉우리가 능선을 따라 계속 이어졌다. 앞뒤 좌우 어디를 둘러봐도 내 키의 수천 배가 넘는 새하얀 설산이 웅크리고 있었다. 보고 또 봐도 그 경이로움을 표현해낼 재간이 없었다.

능선을 따라 천천히 걸었다. 여신은 발의 통증도, 고산병의 고통도 단번에 치유했다. 봉우리만 인상적인 게 아니었다. 눈 덮인 모든 산악 풍경이 소름 끼치게 아름다웠다. 작은 바위에 걸터앉아 눈앞의 현실이라곤 도저히 믿기 힘든 장면을 겸허하게 바라봤다. 그러자 이런 생각이 떠올랐다.

'내가 감당하기엔 지나치게 벅찬 풍경이라 차라리 보지 말았어야 했어.'

딱 하루만 평범했으면

# 알고 보니 나는 엄마 피

"캬아~!"

하산을 마친 뒤 조촐하게 홀로 목을 축였다. 역시 고된 산행 뒤에 마시는 맥주 한 잔은 천국의 맛이었다. 동네 뒷산도 아니고 안나푸르나 아니었던가. 게다가 안주는 삼겹살에 김치찌개였으니 이보다 더 좋을 순 없었다.

포카라의 어느 한식당에 앉아 술과 고기를 원 없이 즐기며 ABC 등반 성공을 자축했다. 술잔 나눌 동행이 없다는 아쉬움마저 잊게 만드는 생애 최고의 혼밥이었다. 뿌듯한 마음으로 계산을 마치고 식당을 나가려다 아차 싶어 식사를 하던 테이블로 달려갔다. 다행히 테이블은 치워지기 전이었고 나는 늘 그랬듯 한쪽에 나뒹굴고 있는 맥주 병뚜껑을 쓸어 담아 주머니에 넣었다. 숙소로 돌아와 네팔의 '에베레스트' 맥주와 '고르카' 맥주의 병뚜껑을 파란색 파우치 안에 넣었다. 파우치가 제법 두툼했다.

여행 중 유일하게 수집하는 것이 바로 맥주 병뚜껑이다. 때로는 새로운 맥주를 마시겠다는 일념 하나로 독일이나 벨기에 등지를 여행하는 맥주광이다 보니 어느 곳을 여행하든 현지의 맥주는 반드시 맛본다. 끼니를 놓쳐도 맥주는 놓치지 않는다. 그런 이유로 나에게 맥주 병뚜껑은 자연스레 얻어지는 부산물인 동시에 훌륭한 기념품이다. 게다가 병뚜껑은 부피도 작아 여행에 지장을 주지도 않는 아주 실용적인 기념품이다.

만약 여행 중이 아니라면 이곳저곳에서 수집하거나 사 모았을 것들이 참 많았을 거다. 피규어, 우표, 스포츠 카드, 배지, 티켓, 영화 포스터 등 어릴 때부터 많은 종류의 기념품들을 모아오던 습관 때문이다. 뭐, '수집벽'이라 해도 무방하다. 어느 날엔 집에 들어가 그간 새롭게 입수한 우표나 영화 포스터를 수집 파일에 정리하느라 한나절을 보내기도 하니 말이다.

수집벽이 시작된 건 오래전의 일이다. 아버지가 못 말리는 수집광이었다. 아버지의 주 종목은 세계 각국의 화폐와 동전이었다. 내가 초등학교를 다니던 시절부터 수집에 몰두했는데 그땐 인터넷 쇼핑이 없던 시절이라 모든 과정이 우편으로 이루어졌다. 아버지는 '화동양행'의 회원이었다. 그 회사에서 한 달에 한 번, 새로 입고된 제품이 담긴 카탈로그를 집으로 보내왔다. 아버지는 선비처럼 올곧은 자세로 앉아 학자처럼 진중하게 카탈로그를 훑었다. 살아 계셨다면 아마 지금도 마찬가지였을 것이다. 수많은 번뇌와 고민 끝에 '꼭 구입해야 할' 품목을 정했고 주문 카드에 해당 품목을 정성을 다해 표기했다. 주문 카드를 발송하면 일주일쯤 뒤에 빳빳한 새 지폐와 반짝이는 동전이 집으로 배달되었다. 지금 생각해보면 아버지에게 그 기다림의 일주일이 삶의 낙이었으리라.

화동양행에서 물품이 도착하는 날이면 아버지는 자발적으로 식음을 전폐했다. 회사에서 돌아오자마자 방에 들어가 나오질 않았던 거다. 방

한가운데에 앉아 새로 온 물품만 정리하는 게 아니라 이미 수집했던 화폐와 동전을 죄다 꺼내놓고 처음부터 다시 정리했다. 그러니 한번 정리를 시작하면 오밤중이 되어야 끝이 났다. 오죽하면 엄마가 '저녁은 먹고 하라.'며 성을 냈겠는가. 하지만 로맨티스트 아버지도 그때는 엄마의 말을 한 귀로 흘려버린 채 당신만의 행복에 몰두했다.

그뿐만이 아니다. 두세 달에 한 번씩은 수집품 청소의 날이 있었다. 아버지는 세계 각국의 동전이 담긴 커다란 플라스틱 상자를 윤이 나도록 꼼꼼하게 닦고 라벨을 새로 붙였다. 지폐가 가득한 고급 앨범에도 같은 정성을 쏟았다. 불면 꺼질까 쥐면 터질까 핀셋과 장갑을 이용해 수집품을 애지중지 다뤘다. 주말 늦은 아침에 시작된 정기 청소는 저녁까지 이어졌다. 그때마다 나는 아버지의 충직한 조수가 되어 곁을 지켰다.

이런 환경에서 자라다 보니 나도 열 살이 되던 해부터 자연스레 수

딱 하루만 평범했으면

집을 시작했다. 어린아이도 비교적 만만하게 모을 수 있는 우표부터 시작했다. 우표는 집 근처 우체국에 가면 얼마든지 살 수 있었고 값도 쌌다. 우체국에선 무조건 액면가에 우표를 판매했다. 우표 상단에 '10'이라고 적혀 있으면 10원이었고, '100'이라고 적혀 있으면 100원이었다. 내가 우표를 수집하기 시작한 해의 우표 기본료는 100원이었고 2년이 지난 뒤에야 110원으로 인상되었으므로 초등학생의 코 묻은 돈으로도 충분히 살 만했다. 스무 장의 우표가 다닥다닥 붙어 있는 '전지'를 사도 2000원이면 되었다.

나는 무섭게 우표를 모으기 시작했다. 아버지가 사준 우표 수집책을 순식간에 다 채워버렸다. 우표가 너무 좋아서 명절에 친척 집을 갈 때도 수집책을 들고 다녔다. 당연히 아버지는 누구보다 큰 조력자였다. 기념우표가 발행되는 날이면 차로 우체국까지 데려다주었고 간혹 새로 발행된 우표를 놓쳐 아들이 시무룩해져 있으면 우표 수집상에 가서 그 우표를 구해 왔다. 아버지 회사의 우편물 봉투에서 우표를 떼어다 주기도 했다.

그렇게 몇 년이 지났다. 재밌게도 나는 아버지와 똑같이 카탈로그를 받아보고 있었다. 내가 태어나기 전에 발행된 우표는 우체국에서 구할 수가 없었다. 해서 나는 '우표통신판매회사'에 가입했고, 한 달에 한 번씩 카탈로그를 받아보았다. 그리고 여유가 될 때마다 과거에 발행된 우표를 사 모았다. 뿐만 아니라 아버지처럼 정기적으로 수집책을 관리하고 청소했다. 누가 봐도 그 아버지에 그 아들이었다. 나중에는 아버지의 방법을 넘어서서 수집한 우표의 체크 리스트까지 만들고 수집한 양까지 관리했다. (열 살 때부터 지금까지 수집한 우표의 양이 1만 5173장이다!) 이런 아버지와

의 소중한 추억이 있었기에 서른 살이 되도록 내 수집벽의 근원은 아버지라는 사실을 조금도 의심한 적이 없었다.

하지만 이 철옹성 같았던 믿음에 금이 가기 시작한 건 만 서른이 되던 해, 엄마와 여행을 떠나면서부터다. 엄마의 눈에 냉장고 자석이 들어온 건 이스라엘의 수도 '예루살렘'에서였다. 개별적으로 방문하기 쉽지 않은 곳이라 우리도 성지 순례 투어에 합류했고(《엄마, 일단 가고봅시다!》에서 충격의 국경 검문을 당했던 바로 그 투어다!), 투어의 특성상 쇼핑이 포함되어 있었다. 일정을 반쯤 마친 뒤 가이드가 우리 팀을 종교 용품 파는 가게에 잠시 풀어놓았다. 바로 그곳에서 엄마는 운명적으로 '최후의 만찬'이 조각되어 있는 냉장고 자석을 보게 되었다! 그리고 이게 모든 역사의 시작이 되었다.

엄마 인생 안으로 처음 들어온 냉장고 자석은 엄마의 영혼까지 매료시켰다. 이어서 방문한 요르단과 이집트에서도 엄마는 냉장고 자석을 찾아나서기에 바빴고, 물가가 비싼 유럽에서는 한 끼 식사를 거를지언정 냉장고 자석은 기어이 손에 넣었다. 그 마음을 모르는 게 아니라 나는 엄마의 수집에 충실한 조력자가 되었다.

그렇게 300일간의 유라시아 여행을 마치고 한국으로 돌아왔을 때 우리 집 냉장고의 절반은 각국의 랜드 마크가 촘촘하게 박힌 자석으로 채워졌다. 냉장고에 전 유럽이 담겨 있다고 해도 과언이 아니었다. 솔직히 내가 봐도 뿌듯하고 예뻤다.

그 이후에도 엄마의 냉장고 자석 사랑은 사그라지지 않았다. 내가 촬영차 해외를 나갈 때면, 지인들이 여행을 떠날 때면 어김없이 냉장고 자석을 부탁했다. 나중엔 소문이 나서 사촌 형들과 누나들도 출장차 외국

에 나갈 때마다 냉장고 자석을 한 움큼씩 사 왔다.

엄마는 새로운 컬렉션이 입고되는 날마다 자석처럼 냉장고 앞에 달라붙어 열심히 냉장고 자석을 재배열하고 정리했다. 하루를 꼬박 할애하는 날도 있었다. 아버지에게 '밥은 먹고 하라.'고 성을 내던 엄마가 점심은 물론 저녁까지 뒷전이었다. 이쯤 되자 나는 헷갈리기 시작했다. 과연 나는 누구의 피인가? 아버지인가, 엄마인가?

엄마와 중남미 여행을 떠나게 되면서 경계는 더욱 모호해졌다. 엄마는 중남미에서 냉장고 자석에 이어 각 나라의 국기가 그려진 머그컵이나 랜드 마크 조각, 공예품 등에 눈을 돌리기 시작했다. 원래 수집이란 게 어떤 한 종목으로 시작해 점점 그 카테고리를 넓혀가게 되어 있다. 수집의 생리를 누구보다도 잘 알고 있었지만 여행 중에는 짐을 늘리지 않는다는 내 철칙에 머그컵과 같은 부피가 있는, 게다가 깨지기 쉬운 물건들은 기념품의 대상이 아니었다. 하지만 어쩌랴. 저 기쁨을 나도 알고 있으니. 엄마는 여정 중간에 아예 기념품을 담을 배낭까지 새로 구매했다. 아무리 짐이 늘어도 본인이 알아서 하겠다며 엄마는 당신의 기쁨을 배낭 가득 채웠다.

그렇게 모아온 냉장고 자석의 숫자가 현재 800개요, 머그컵은 200개가 넘는다. 거기에 조각품까지 합하면… 아무튼 어마어마한 양의 기념품들이 우리 집을 채우고 있다. 이러다가 여행 기념품 박물관을 개관하는 건 아닌지 모르겠다.


짤랑거리는 맥주 병뚜껑 파우치를 배낭에 던져놓고는 엄마와 누나에게 안부 메시지를 남겼다. 일주일간 히말라야를 타느라 연락이 끊겼으니

두 여인의 애간장이 탔을 것이다.

'무사히 ABC 트레킹 마쳤어. 고생 좀 했지만 베이스캠프까지 다 정복하고 방금 내려와 한식당에서 삼겹살까지 먹었어!'

가족 단톡방에 자랑스레 메시지를 남겼다. '수고했다.'라는 메시지를 전한 누나와 달리 엄마는 이런 메시지를 남겼다.

'아들 장하네. 그런데 산 타느라 냉장고 자석은 못 샀겠네. 네팔 떠나기 전에 자석이랑 컵은 꼭 사두면 좋겠어. 아들!'

이 메시지를 읽는 순간 확신이 들었다. 알고 보니 나의 수집벽은 아버지보다는 엄마 피라는 것을.

딱 하루만 평범했으면

# 너무 늦게 찾아온 도시

　　　네팔을 떠나 다시 인도의 국경을 넘었다. 히말라야에서 부상을 당한 오른발을 질질 끌며 바라나시에 들어섰다. 지겹도록 듣던 도시고, 지나치게 와보고 싶던 도시다. 다들 인도 이야기만 나왔다 하면 기다렸다는 듯이 바라나시 카드를 꺼내 들었다. 인도가 바라나시였고, 바라나시가 곧 인도였다. 하다못해 인터넷에 인도를 검색해도 바라나시 여행기가 제일 먼저 나왔다. 당연히 바라나시에 대한 나의 기대는 방금 터진 샴페인 병의 거품처럼 콸콸 솟구쳤다.

　"배 안 고파요? 밥 먹고 가요."

　누가 봐도 오리지널 인도인인 남자가 나의 모국어로 말을 걸며 배낭을 잡아끌었다. 한국어 발음이 신기할 정도로 완벽해서 나도 모르게 한국어로 대답했다.

　"오는 길에 먹었어요. 다음에 올게요."

　바라나시 여정은 시작부터 약간 예상 밖으로 흘러갔다. 숙소를 구하

기 위해 갠지스강 주변으로 향하는데 인도 호객꾼들이 하나같이 한국어
로 말을 걸었다. 한국어를 말하는 건 둘째 치고 내가 한국 사람이란 건 뭘
보고 확신하는 건지 궁금했다. 하지만 얼마 안 가 그 이유를 깨닫게 되었
다. 갠지스강 주변에서 어렴풋이 들리는 언어의 절반 가까이가 한국어였
다. 물 반, 물고기가 반이 아닌 인도인 반, 한국인 반이었다. 이곳을 찾는
사람의 태반이 한국 여행자라 바라나시는 자연스레 한국화되어가고 있
었다. 골목 벽마다 가게를 홍보하는 한글이 가득했다. 황당하게도 몇몇
상점에는 다른 메신저도 아닌 카카오톡의 아이디가 적혀 있었다. 그것도
모자라 대부분의 식당 입구에는 한국인 여행자가 직접 써준 듯한 한국어
추천 문구가 붙어 있었다. '여기 김치볶음밥 진짜 맛있어여!' '여기 사장
님 완쮼 친절. 진짜 짱이에여!' 식의 문구 말이다. 무수히 많은 한국인 여
행자들이 그 추천 문구들을 찬찬히 읽으며 식당을 고르고 있었다. 바라

딱 하루만 평범했으면

나시에 들어선 지 한 시간도 되지 않았을 때, 이곳은 내가 가장 많은 한국 여행자를 스친 도시가 되어버렸다. 의아하긴 했지만 저녁마다 열리는 기도 의식인 '뿌자'를 구경하고, 강가에 늘어선 계단 '가트'도 산책하며 바라나시에서의 첫날을 그럭저럭 재미있게 보냈다.

하지만 둘째 날부터 약간 혼란스러워지기 시작했다. 아침을 먹으러 나갔다. 풍경은 분명 인도인데 식당마다 더 불기 전에 다급히 신라면을 후루룩대는 한국 여행자가 가득했고, 고도의 집중력을 유지하며 비빔밥의 고추장 양을 조절하는 한국 여행자가 넘쳐났다. 굳이 영어를 할 필요도 없었다. 바라나시에서 한국어는 영어, 힌디어와 함께 공용어 수준이었다. 여행사의 투어 가이드들은 아예 한국어 이름을 가지고 있었다. 숙소 사장님도 한국말을 곧잘 했다. 길에서 만나 몇 마디 말을 섞은 한국 여행자가 이 상황에 적잖이 놀라는 내게 바라나시의 현재 상황을 간략하게 정리해주었다.

"얼마 전까지 바라나시는 일본인 천지였대요. 그들이 한바탕 휩쓸고 간 거죠. 그리고 이제는 한국인이 바라나시를 점령했어요. 일본인의 방문은 예전만 못하다고 해요. 지금은 우리나라가 깃발을 제대로 꽂았죠."

그의 말을 듣고 아차 싶었다. 내가 바라나시에 너무 늦게 왔구나! 여행지에 내 나라 사람들이 많다는 게 여행을 포기할 만큼 큰 불만이 될 순 없다. 그래도 적당하면 반갑지만 넘치면 부담스러운 법이다. 바라나시는 명확하게 부담스러운 수준이었다. 이것만 아니라면 소문대로 특유의 매력을 가진 곳은 맞았다. 갠지스강에서 목욕하는 순례자, 명상에 빠진 수행자, 방황하는 여행자가 신비로운 풍경 속에 뒤섞여 있었다. 그런데 만나는 인도인마다 한국어로 말을 거는 통에, 골목에 들어설 때마다 몇 무리의 한국 여행자들을 만나는 통에 바라나시는 흡사 한국에 있는 인도 체험 마을 같았다.

꽝이었다! 기대가 크면 실망도 크다는데, 나는 기대치를 충족하지 못한 여행지는 실망하기 전에 재빨리 '꽝'으로 처리하고 미련 없이 떠나버린다. 나는 이 도시의 한국인을 한 명이라도 줄여야겠다는 생각으로 예상보다 빨리 바라나시를 떠나기로 했다.

# 남매의 뒤바뀐 운명

　　　그렇게 바라나시를 떠날 채비를 하는 와중에
카카오톡 알람이 울렸다. 누나였다. 카톡을 열어 보니 이미지 한 장이 도
착해 있었다. 나는 무심결에 이미지를 클릭했고, 이미지를 확인한 순간
내 마음의 샴페인 병이 다시금 거품을 뿜어댔다.

　이럴 수가! 깜짝 놀랄 만큼 재미있는 사건은 기대했던 바라나시가 아
니라 예상치도 못했던 한국에서 벌어지고 있었다. 누나가 보낸 이미지는
대학교 합격증이었다. 얼마 전 수능을 본 조카가 있어 그 녀석 건가 싶었
는데 누나 이름이 적혀 있었다. 나는 그 자리에서 얼음이 되었다. 짐 꾸리
기를 중단하고 다시 사진을 확인했다. 한 예술 대학의 미대 합격증에 너
무도 친숙한 누나의 이름이 인쇄되어 있었다.

나 : 헐, 미쳤어!! ㅋㅋㅋㅋㅋ

누나 : ㅎㅎㅎㅎㅎ

나 : 진짜 합격한 거야?

누나 : 응. 나도 오늘 확인함.

나 : 대박이다. 현역 새내기가 지금 몇 년생이지?

누나 : 나보다 한참 어리겠지. ㅋㅋㅋㅋㅋ

나 : 다닐 거야?

누나 : 다녀야지. 좋은 기회니까.

나 : 우와, 존경한다. 축하해!


아니, 어떻게 이럴 수가 있지? 내 어릴 적 꿈이 화가였고 누나의 어릴 적 꿈은 작가였다. 간절히 화가를 꿈꾸던 동생은 작가를 하고 있다. 간절히 작가를 꿈꾸던 누나는 화가의 꿈을 꾸며 대학에 들어갔다. 몇 년 전부터 홀로, 때로는 여럿이 그림을 그리던 누나가 작년에 여러 친구들과 함께 전시장에 그림을 걸기도 했는데, 그래도 미대에 들어갈 줄은 꿈에도 생각하지 못했다. 딸꾹질하듯 계속해서 헛웃음이 나왔다. 원하던 삶이 뒤바뀐 남매…. 드라마에서나 볼 법한 이야기인데 막장 아침 드라마처럼 부모가 뒤바뀐 게 아니라 천만다행이었다.

시계를 거꾸로 돌려 30여 년 전으로 돌아가보자.

나는 유치원 시절부터 타고난 미술 신동이었다. 고작 여섯 살 때 참여한 첫 전국 미술 대회에서 보란 듯이 최우수상을 받았다. 배를 탄 어부가 바다에 그물을 던진 그림이었는데 바닷속에는 상상만으로 창조한 각양각색의 물고기 수백 마리가 그려져 있었다. 도화지에는 정신이 쏙 빠질 만큼 조금의 틈도 없었다. 주최 측이 시상식 때 내 그림을 거꾸로 걸 정도였다. 천재의 심오한 미술 세계를 제대로 이해하지 못하면서 상을 준 것이다. 그 후 유치원에서 크레파스를 들 때마다 선생님들의 감탄 세례가 이어졌다. 만약 내가 모차르트 시대에 태어났다면 그와 나는 음악과 미술로 세계를 양분했을 것이다.

연년생이지만 생일이 빨라 이미 초등학교에 입학한 누나는 글쓰기에서 두각을 나타냈다. 어린 나이임에도 글짓기 대회나 독후감 대회를 휩쓸었다. 엄마 말로는 누나의 초등학교 3학년 담임 선생님이 일부러 엄마를 학교로 불러 누나의 글짓기 실력을 칭찬했다고 하니 떡잎부터 달랐다고 말할 수 있겠다. 그렇게 누나는 동급생들이 원고지에 빼곡히 들어찬 붉은 색 네모칸을 감옥처럼 느끼며 글을 쥐어짜는 동안 군계일학처럼 수려하게 명문을 토해냈다. 일기마저도 대단했다. 친구들이 '참 재미있는 하루였다.'로 똑같이 일기를 끝맺을 때 누나는 매일매일 다른 문장으로 초등학생의 고달픈 하루를 정리했다. 그 옆에는 단 한 번의 예외 없이 '참 잘했어요!' 도장이 찍혔다. 게다가 누나는 그 나이에도 지독한 다독가였다. 집에 있는 모든 책엔 이미 누나의 손때가 묻어 있었다. 아들은 미술 천재, 딸은 글쓰기 천재. 분명 우리 엄마 아빠는 복받은 부모였다.

나는 초등학교에 올라가서도 기대를 저버리지 않았다. 끊임없이 작품 활동을 이어나가며 이름을 알렸다. 교내 그림 대회에서 입선을 하면 자존심이 상할 정도였다. 나 정도면 최소 우수상은 타야 했다. 김연아가 동메달을 땄다고 만족할 수 없듯 말이다. 포스터 그리기 대회도 나의 무대였다. 표어는 개판이었을지언정 (왜 누나의 도움을 받지 않았는지!) 그림은 놀라웠다. 불조심 포스터 속의 불꽃은 마치 실제로 활활 타오르는, 꺼지지 않는 불꽃 같았다. 하교한 후에도 늘 그림을 그렸다. 집에서는 항상 연필로 그림을 그렸는데 어떤 그림을 그리든 도화지를 빼곡하게 채웠다. 미래 세계를 주제로 잡으면 비행하는 자동차를 수백 대씩 그렸고, 양치

딱 하루만 평범했으면

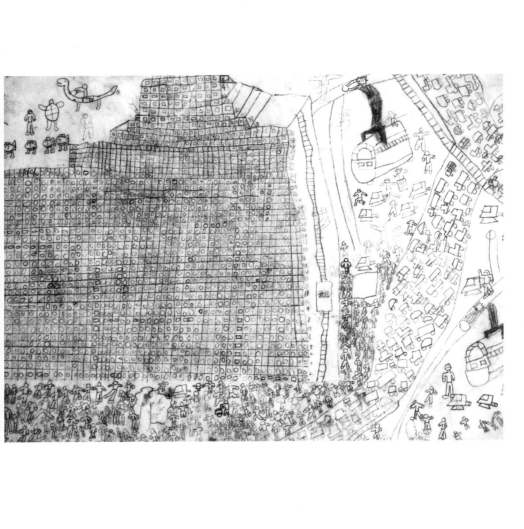

기 소년에게 오마주 하는 작품에는 수천 마리의 양을 그려 넣었다.

내 그림은 개성이 강했다. 앞에서도 말했지만 도화지에 손톱만큼의 틈도 허락하지 않았다. 여백이라곤 없으니 동양화와는 거리가 멀었다. 굳이 설명하자면 그림책《월리를 찾아라》같은 빼곡한 일러스트에 가까웠다. 당연히 나는 화가를 꿈꿨다. 다들 장래 희망란에 과학자나 선생님, 의사를 적을 때 나는 주저 없이 화가를 적었다. '화가'라는 글자도 그림을 그리듯 흘려 적었다. 사소한 것에도 예술혼을 불어넣었던 것이다. 그때는 정말 그림 그리는 게 제일 재미있었다.

분야만 달랐지 누나도 마찬가지였다. 엘리트 코스를 그대로 답습했다. '글짓기 대회'가 '백일장'이라는 어려운 명칭으로 바뀐 뒤에도 변함없이 두각을 나타냈다. 누나는 야무진 상장 수집가였다. 선생님들은 글 관련 대회가 있을 때마다 상장에 누나 이름을 적느라 바빴다. 당시엔 '독서 퀴즈 대회'라는 부록 같은 시험도 있었는데 이 또한 입상은 늘 누나의 차지였다.

하다못해 누나는 편지도 잘 썼다. 꼬맹이들이 위문 편지랍시고 전쟁의 위협을 언급하며 군인 아저씨들을 비탄에 잠기게 만들 때 누나는 세계 평화를 기원하며 군인들에게 희망과 용기의 메시지를 전했다. 어버이날도 예외는 아니었다. 나는 늘 '사랑하는 부모님께'로 시작하는 누구나 다 알 법한 내용의 편지를 쓴 뒤 대충 카네이션으로 어버이날을 때웠지만, 누나는 또박또박 '존경하는 아버님과 친애하는 어머님께'로 시작하는, 시작부터 부모님 입에서 외마디 경탄이 새어 나오게 하는 글 솜씨를 뽐내며 어버이날을 글의 향기로 물들였다.

그런 나와 누나의 행보가 엇갈린 건 고등학교 때다. 내가 먼저 꿈을 내려놓았다. 고등학생이 되면서 지루한 입시 제도와 좋은 대학에 가야 한다는 강박에 신음하며 화가의 꿈을 점점 잊고 살게 되었다. 그렇게 모차르트급 미술 천재는 아쉽게도 세상에서 자취를 감췄다. 결국 나는 경영학과에 입학했고, 신문방송학을 복수 전공하며 대학을 졸업했다.

하지만 누나는 달랐다. 고등학교 시절에도 문학소녀였다. 여전히 글 쓰는 걸 무엇보다 좋아했다. 누나는 거침없이 국어국문학과에 진학했다. 하지만 성에 차지 않았는지 국어국문과를 과감하게 자퇴하고 문예창작과로는 국내 최고라는 예술대학에 시 한 편으로 입학하는 쾌거를 이뤄냈다. 신입생 오리엔테이션 때부터 자체 백일장 최우수상을 받은 누나는 작가라는 거창한 꿈을 가슴에 품고 대학을 졸업했다.

그러했던 두 남매의 희비 쌍곡선은 30대에 접어들며 다시 한 번 교차했다. 서른의 나이에 우연히 엄마와 여행을 떠났던 나는 극적으로 여행기를 출간하며 누나의 꿈이었던 작가가 되었다. 그리고 기자와 편집자로 일하던 누나는 동생의 간절한 꿈이었던 화가가 되겠다며 미대에 진학했다. 좋아하는 일을 했을 뿐인데, 좋아하는 것을 마음을 담은 것뿐인데 서로의 어릴 적 꿈이 뒤바뀌어 있다니! 정말 놀랍고 재밌고 신기한 일이 아닐 수 없다.

누나와 유쾌한 톡을 나누다 보니 '인생 모른다.'는 말이 실감 났다. 만약 지금의 상황을 알았다면 우리는 애초에 서로의 꿈을 교환했을까?

작가를 꿈꾸던 미대 누나와 화가를 꿈꾸던 작가 동생은 서울과 바라나시에서 각각 키득거리며 한동안 메시지를 더 주고받았다.

# 역대급 크리스마스 선물?

　　낭만이 없는 여행은 죽은 여행이다. 혼자 여행을 다녀도 챙길 낭만은 다 챙기며 다니는 자급자족 낭만주의자인 내가 크리스마스를 의미 없이 보낼 순 없었다. 낭만의 상징이라 할 수 있는 날에 맞춰 스스로에게 '타지마할'을 선물하기로 했다. 이 얼마나 아름다운 생각인가!(부디 민망함에 얼굴이 화끈거리지 않으시길 바란다.)

　　이미 큰 그림을 그려놨다. 크리스마스를 이틀 앞둔 늦은 밤 타지마할의 도시 '아그라'에 도착했다. 인도가 자랑하는 세계적인 스타, 타지마할을 목전에 두고 당장 만나고 싶은 건 당연지사. 하지만 허벅지를 꼬집으며 불굴의 의지로 그 욕망을 제어했다. 크리스마스이브에도 아그라에 있는 볼거리들을 섭렵했지만 결단코 타지마할 카드를 꺼내 들지는 않았다.

　　그렇게 찾아온 크리스마스 새벽. 산타클로스를 기다리는 아이의 설렘으로 숙소를 빠져나왔다. 이미 하루를 꼬박 참았기에 제대로 안달이 난 상태였다. 조금이라도 빨리 보고 싶은 마음에 해가 뜨기도 전에 타지마할을 향해 달렸다.

역시 전 지구적 랜드 마크인 타지마할의 인기는 상상을 초월했다. 새벽부터 나왔으니 빠른 입장이 가능할 거라 생각했다. 하지만 입구는 이미 문전성시였다. 그냥 눈대중으로만 봐도 수천 명은 넘어 보이는 사람들이 인간 띠를 두르고 있었다. 아침 6시 반에 보기 힘든 장면이라 허탈한 웃음만 났다. 인구 14억 인도의 위력을 애먼 곳에서 확인했다. 그나마 외국인 관광객을 위한 매표소가 따로 있어 다행이라 생각했는데 다행을 가장한 불행이었다. 입장료를 1000루피(1만 8000원)나 받았다. '받아 처먹다.'라는 표현을 써도 미안함을 느끼지 못할 가격이었다. 현지인 입장료는 꼴랑 40루피(720원)였기 때문이다. 입장료를 현지인의 25배나 받는 곳은 세계에서 이곳이 유일할 것이다.

손을 달달 떨며 티켓을 손에 넣었지만 엄청난 인파와 거침없는 새치기 대마왕들 덕분에 크리스마스 선물을 수령하는 데 한 시간이 넘게 걸렸다. 겨우 입구를 통과했다. 그러자 인도의 아이콘이 눈에 들어왔다. 커다란 아치문 너머로 순백의 타지마할이 아지랑이처럼 피어올라 몽환적인 실루엣을 자랑했다. 가까이 갈 생각도 못하고 먼발치에서 미술관 작품을 감상하듯 한참 동안 얼이 빠진 채 그 모습을 바라봤다.

살금살금 발걸음을 옮겨 아치문을 통과했다. 그제야 문밖에서는 보이지 않던 네 개의 높다란 첨탑까지 시야에 들어왔다. 타지마할 완전체였다. 소란스럽던 주변이 순간 독서실처럼 고요해졌다. 세계 최강의 수다쟁이인 인도인들의 입조차 틀어 막아버리는 타지마할의 압도적인 위엄이었다.

이른 아침임에도 나의 눈동자는 아기 사슴 밤비처럼 초롱초롱 빛났다. 졸음으로 시들대던 시신경이 바짝 정신을 차리고 격하게 흥분하기 시작

했다. 소문대로 완전한 좌우대칭을 유지한 건축물이었다. 고혹적인 중앙의 돔은 한 치의 오차도 없이 균형을 이루고 있었고, 건물 본체와 첨탑도 반영이 아닐까 싶을 정도로 좌우가 똑같았다. 기를 쓰고 흠집을 찾아내려 해봐도 찾을 수 없는, 그야말로 완전무결한 작품이었다. 괜히 세계 7대 불가사의가 아니었다.

그 옛날에(1632~1654년) 저 거대한 건축물을 어떤 방식으로 지었을까? 워낙 유명한 곳이다 보니 사진으로, 영상으로 이미 여러 번 만나왔던 타지마할이다. 하지만 직접 눈으로 보니 감동이 달랐다. 타지마할의 이 아름다움을 절반만 떼어다가 세상에 뿌려도 온 세상이 다 아름다워질 것 같았다.

놀랍게도 이렇게 아름다운 타지마할은 궁전이 아니라 무덤이었다. 무굴 제국의 제5대 황제인 '샤 자한'은 세 번째 부인인 '뭄타즈 마할'이 1631년 출산 중 사망하자(열네 번째 아이였다고 한다!) 하루 만에 머리카락이 잿빛으로 변할 정도로 비탄에 잠겼다고 한다. 그녀를 열렬히 사랑했던 샤 자한은 뭄타즈 마할을 기리기 위해 그녀의 무덤인 타지마할을 짓기 시작했다. 하지만 샤 자한은 타지마할이 완공되기 직전, 아들인 '아우랑제브'에 의해 아그라 성에 갇힌다. 창살 너머로 완공된 타지마할을 바라보던 샤 자한은 그곳에서 사망했고, 타지마할의 뭄타즈 마할 묘 옆에 묻혔다. 죽어서라도 사랑했던 아내의 곁으로 갔으니 행복한 결말이라 할 수 있을까?

아무튼 2만 명의 인부가 22년간 쌓아 올린 타지마할은 영원한 사랑이 빚어낸 인류 역사상 가장 아름답고 낭만적인 무덤이라고 할 수 있다. 이런 곳을 크리스마스에 오다니 나의 낭만 지수는 65미터에 달하는 타지

딱 하루만 평범했으면

마할의 높이만큼 치솟았다.

"사진 좀 찍어주실래요?"

한 서양 커플이 타지마할에 빠져 있는 내게 불현듯 사진을 부탁했다. 내 대답도 듣지 않고 카메라를 손에 쥐어줬으니 통보에 가까웠다. 단순히 커플이라는 사실만으로 쓸데없이 심기가 불편했다.

"하나, 둘, 셋!"

나의 구령 소리에 맞춰 선남선녀 커플이 '쪽' 뽀뽀를 했다. 이럴 수가! 뭐!? 쪽? 타지마할 배경으로 입을 맞추는 남녀 앞에서 홀로 낭만을 만끽하던 나는 무참히 무너져 내렸다. 그들은 확인 사살을 하기 위해 "한 장 더!"를 외쳤고 한 번 더 입을 맞췄다. 이어서 내가 찍어준 사진을 확인하며 서로의 얼굴을 쓰다듬었다. 억장이 무너졌다. 그 모습을 보고 있던 인도 커플도 내게 사진을 요구했다. 인도가 아직까지는 보수적인 나라라 둘은 가볍게 팔짱만 낀 채 사진을 찍었다. 그렇다고 나의 마음이 편안했던 건 아니다.

그제야 현실을 자각했다. 인도가 캐럴조차 흘러나오지 않는 힌두교 국가라고 한들 크리스마스는 나뿐 아니라 전 세계 모든 커플들에게 가장 낭만적인 날 중 하나라는 것을. 그런 날 타지마할을 찾는 건 모든 커플의 멋진 이벤트라는 것을. 왜 이 사실을 생각조차 못했을까? 아침부터 수천 명이 대기했던 이유를 뒤늦게 깨달았다.

주변을 둘러보니 당연히 홀로 타지마할을 찾은 이는 거의 없었다. 절대 다수가 커플이었고 소수는 가족이었다. 크리스마스에 커플들 사이를 홀로 걷는 솔로의 마음이 얼마나 황량한지 사람들은 알까? 나의 마음이 길 잃은 아이처럼 방황했다. 이토록 아름다운 타지마할이야말로 역대급 크리스마스 선물이란 건 전적으로 인정하는 바다. 하지만 그 안에서 나는 해를 넘겨버린 크리스마스 케이크처럼, 5월 9일에도 팔려 나가지 않은 카네이션처럼 비참하고 비통했다.

# 내가 졌소, 기사 양반 2

　　　　　　　역시 웬만해선 걷는 게 낫겠구나, 생각했지만 그 다짐은 얼마 가지 못했다.

　사실 아그라에 도착했을 때도 사건이 있었다. 해가 진 시간이기도 했고, 기차역에서 타지마할이 있는 시내까지는 꽤 먼 거리라 오토릭샤를 탈 생각이었다. 가이드북엔 100루피면 충분하다고 쓰여 있었지만 처음 접촉한 기사는 놀랍게도 500루피를 불렀다. 단번에 거절하고 내 갈 길을 가자 자기가 착각했다며 150루피를 부르는 기사. 착각은 무슨! 약간의 실랑이 끝에 100루피로 협상을 마무리했다. 콜카타의 악몽이 되살아나 100루피가 맞냐고 대여섯 번을 확인한 뒤 배낭을 오토릭샤에 던져 넣었다. 도착해서 또 말을 바꾸는 건 아닌지, 이동하는 내내 마음이 불안했다. 지갑에서 딱 100루피 지폐 한 장만 꺼내 손에 쥔 뒤 쓸데없는 애를 태웠다. 하지만 역시 나쁜 예감은 틀리지 않는 법. 목적지에 도착한 오토릭샤 기사는 너무도 자연스럽게 150루피를 요구했다. 단기 기억 상실증에 걸린 게 아닐까 싶을 정도로 태연했다.

"아니, 100루피라면서요! 100루피 오케이라고 몇 번이나 얘기했잖아요!"

하지만 돌아오는 대답이 걸작이었다.

"아까는 100루피였는데 지금은 150루피예요. 물가가 올랐어요."

너무나 어이가 없어 뒷골이 당기다 못해 머리에 실금이 가는 느낌이었다. 무슨 10분 새에 물가가 올라! 그의 말에 의하면 출발한 곳은 기차역이었지만 도착한 곳은 유명한 관광지라 물가가 올랐다고 한다. 놀라운 창의력이었다. 인도 기사들의 논리 회로는 고장 난 것이 분명했다. 당연히 말도 안 되는 소리였지만 그럴싸한 그의 설득에 어느새 나는 협상을 하고 있었고, 결국 그에게 130루피를 건네고 말았다. 30루피, 그깟500원 돈이었지만 마치 5만 원을 더 낸 것처럼 분하고 화가 났다.

이렇게 연이어 참패를 겪었음에도 걸어야겠다는 다짐이 다시 흔들리고 말았다. '뉴델리'에 도착해 랜드 마크인 '레드 포트'를 구경한 뒤 간디의 화장터인 '라자 가트'로 이동하려는데 뜨거운 태양을 견뎌낼 자신이 없었던 것이다. 하지만 삼세판을 내리 기사들에게 내어줄 순 없었다. 자전거 릭샤 기사는 좀 괜찮을까 싶어 레드 포트 앞에 주차된 자전거 릭샤에 올라탔다. 그러고는 기상천외한 계획을 세웠다. 협상 과정을 녹취하기로 한 것이다! 잠입 취재도 아니고 굳이 이런 치졸한 방법까지 써야 하나, 라는 생각이 들었지만 어쩔 수 없었다. 원래 사람이 궁지에 몰리면 이상해지기 마련 아닌가.

협상을 시작하며 나는 어깨에 두른 카메라의 동영상 녹화 버튼을 슬쩍 눌렀다. 어차피 음성만 녹음되면 된다. 기사는 50루피면 갈 거리를

100루피까지 불렀고, 최종적으로 70루피로 합의했다. 나는 바로 카메라의 볼륨을 줄인 뒤 스피커에 귀를 대고 녹음한 내용을 확인했다. 기사가 70루피를 외치는 소리가 생생하게 녹음되어 있었다. 빼도 박도 못하는 증거가 생겼다. 이쯤 되니 오히려 나중에 딴소리를 했으면 하는 생각까지 들었다. 이 녹음 파일을 들려주면 어떤 표정을 지을지 궁금했다.

하지만 이 자전거 릭샤 기사는 출발과 동시에 헛소리를 하기 시작했다. 뜬금없이 쇼핑하러 가는 길이냐는 말을 꺼내더니 친구가 실크 가게를 한다며 소개를 시켜주겠단다. 나한테 하는 말인가, 혹시 이어폰을 끼고 전화 중인가, 생각될 정도로 생뚱맞았으나 나를 돌아보며 "지금 갈래?"라고 하는 순간 나의 정신줄이 파르르 떨렸다. 실크 살 일 없으니 라자 가트나 가자며 보채자 거긴 별 볼 일 없다며 반나절 투어를 권하는 기사 양반.

결국 인내심이 바닥을 드러냈다. 나는 잔말 말고 라자 가트로 가라고 빽 소리를 질렀다. 그렇게 수많은 방해 공작을 떨쳐내고 라자 가트에 도착하자 그는 당연하다는 듯 200루피를 불렀다. 70루피라고 협상을 했지만 애초에 실크 가게에 들르는 조건이었다며 200루피를 달라는 것이었다. 실크 가게 얘긴 꺼낸 적도 없다며 내가 펄쩍 뛰자 자긴 분명히 말했다며 200루피를 달라고 보챘다. 어느 정도 예상한 시나리오였다. 긴말할 필요가 없었다. 카메라의 플레이 버튼을 눌러 그의 목소리를 들려주었다. 당연히 실크의 'S'자도 등장하지 않았고, 연거푸 70루피를 부르는 그의 음성만 담겨 있었다. 이번엔 나의 완벽한 승리였다. 확실한 증거가 있는데 더 무슨 핑곗거리가 있겠는가?

내가 여유롭게 지갑에서 70루피를 꺼내는 동안 녹음된 파일을 듣던 릭샤 기사는 시간을 벌려는 심산인지 다시 한 번 파일을 틀어달라고 했다. 그러고는 큰 눈알을 굴리며 무언가를 생각하는 듯하더니 지금까지와는 최대한 다른 목소리로 말했다.

"두 번이나 들어봤지만 제 목소리랑은 전혀 다른데요?"

하, 내가 정말 졌소, 기사 양반!

# 제발 기차표를 주시오

점심을 먹기 전에 뉴델리 기차역으로 향했다. 내일 '찬디가르'로 이동할 예정이라 미리 기차표를 예매하고자 했다. 거대한 인도의 수도답게 기차역이 웬만한 백화점보다 컸다. 그 큰 공간이 표를 사려는 사람으로 가득 차 있었지만 고맙게도 2층에 외국인 전용 예매 창구가 있었다. 인도 기차역으로는 드물게 줄을 서는 시스템이 아닌 번호표를 뽑고 기다리는 시스템을 도입한 곳이었다. 176이 적힌 번호표를 뽑았다. 이런! 이제 124번이 예매 중이었다. 내 앞으로 쉰 명이 넘게 대기하고 있으니 1분에 한 명 속도로 예매가 진행되어도 족히 한 시간은 기다려야 했다.

출출한 김에 역 앞 시장에 가서 바나나를 샀다. 바나나를 오물거리며 시장 구경을 하다 한 시간 정도 뒤에 다시 예매 창구로 돌아왔다. 응? 여기만 잠깐 시간이 멈췄었나? 예매 창구에 떠 있는 번호는 129였다. 번호표를 뽑고 한 시간이 지났는데 고작 다섯 명만 예매를 마친 것이다. 이걸 바탕으로 계산해보면 176번 번호표를 들고 있는 나는 오늘 자정에나 예매를 할 수 있었다.

대기 공간에 앉아 이 심각한 사태를 체계적으로 분석해보기로 했다. 곧바로 충격적인 첫 번째 원인이 포착되었다. 예매 창구가 총 8개인데 그중 딱 2개만 운영되고 있었다. 대기 인원이 수십 명 밀려 있으면 나머지 창구도 열려야 하는 게 마땅한데 그런 상식이 통용되고 있지 않았다. 심층 취재 끝에 밝혀낸 두 번째 원인은 더욱 충격적이었다. 그나마 창구에 앉아 있는 두 직원이 세월아 네월아 여유만만이었다. 예매를 진행하다 말고 잡담을 나누는 것은 기본이요, 휴대폰이 울리면 태연하게 사적인 전화를 받았다. 대기자들의 애타는 마음에 분노의 씨앗을 심어주기에 충분했다.

그들의 자극적인 행태는 그것으로 끝이 아니었다. 둘 중 한 명이 예매를 한 차례 완료한 뒤 자리를 박차고 일어났다. 어디론가 사라졌던 창구 직원은 약 5분 뒤에 자리로 돌아왔다. 손에 물기가 남아 있는 걸로 보아 화장실에 다녀온 것으로 추정되었다. 뭐 생리 현상이야 어쩔 수 없지, 라고 생각했다. 하지만 자리에 앉은 그녀는 다음 번호를 누를 생각을 하지 않았다. 대신 개인 휴대폰의 버튼을 누르기 시작했다. 제법 긴 통화가 이어졌다. 급한 일이 있을 수 있지, 라고 생각했다. 허나 자리를 이동해 짜이를 마시기 시작했을 땐, 목이 마를 수도 있지, 라고 생각할 수 없었다. 130번이 나와 같은 마음이었는지 직원에게 항의를 하기 시작했다. 하지만 직원은 거만하게 손을 내저으며 "기다려요(Wait)!"를 외쳤다. 이걸 앞으로 50번 가까이 봐야 한다니 아까 마음속에 심은 분노의 씨앗이 싹을 틔우고 말았다.

그렇게 다시 한 시간이 흘렀다. 예매 창구에는 고작 137번이 앉아 있었다. 오히려 속에서 타오르던 천불이 진화되고 무념무상에 빠져버렸다.

176번이 예매의 기회를 얻기까지는 약 다섯 시간이 걸렸다. 설상가상으로 찬디가르행 일반 열차는 매진. 나는 일반 열차 가격의 세 배나 되는 특급 열차를 예매해야 했다. 직원은 날짜와 행선지를 다시 확인했고 가격을 말해준 뒤 갑자기 자리에서 일어났다. 그렇다. 발권을 하지 않고 자리에서 일어났다. 고객을 응대하다 말고 자리에서 일어났다. 확인 버튼을 누르고 표만 출력하면 되는데 자리에서 일어났단 말이다. 나는 그녀에게 격하게 이 상황을 따졌지만 그녀는 나를 두고 미련 없이 떠나버렸다. 곧 교대 직원이 내 앞에 앉았다.

"어디로 가세요?"

입술이 파르르 떨려 바로 대답할 수 없었다.

"컴퓨터에 방금 진행하던 예매 정보가 남아 있을 거예요."

"없는데요."

그의 대답에 나도 모르게 주먹에 힘이 들어갔다. 처음부터 다시 예매가 시작되었다. 그가 "현금 결제인가요? 카드결제인가요?"라는 마지막 질문을 던졌을 때 전화벨이 울렸다. 아마 휴대폰이었어도 받았겠지만 창구로 걸려온 전화여서 그도 받지 않을 이유가 없었다. 통화는 20분간 이어졌다. 나는 이미 정신이 피폐해진 상태였기에 될 대로 되라는 마음이었다.

찬디가르행 기차표를 손에 넣기까지는 40분이 더 걸렸다. 꼴랑 기차표 한 장을 사기 위해, 시골역도 아닌 수도의 중앙역에서 여섯 시간을 허비했다. 서울역이었으면 표를 100번도 더 사고 남을 시간이었다. 하루가 통으로 날아갔다.

　　　　　　　　　　　　　딱 하루만 평범했으면

허탈한 마음이 가득했다. 그런데 우습게도 허기가 졌다. 나는 기차표를 주머니에 넣고 기차역을 빠져나왔다. 기차표 예매를 마치고 점심을 먹으려 했던 나는 저녁을 먹기 위해 터벅터벅 시장으로 향했다.

# 괴짜 공무원이 만든
# 기상천외한 세계

인고의 시간을 견디며 얻어낸 기차표를 손에 쥐고 인도 최초의 계획 도시인 찬디가르에 안착했다. 인도는 영국의 식민 지배를 벗어난 직후인 1950년에 국가 부흥을 과시하기 위한 야심 찬 계획을 짰다. 바로 세계 최대 규모의 신도시 프로젝트를 진행하는 것. 밴쿠버 면적과 똑같은 거대한 신도시 건설을 위해 인도 정부는 막대한 돈을 쏟아부었다. 스위스 출신의 세계적인 건축가 '르 코르뷔지에'까지 초빙해 도시의 모든 설계를 맡겼다. 현대 건축의 아버지라 불리는 코르뷔지에(스위스 10프랑 지폐의 모델일 정도로 국가적인 영웅이다.)의 손이 닿은 불모지는 단번에 세계적인 계획 도시로 발돋움했다. 그 찬란한 영광의 주인공이 바로 찬디가르다.

완벽한 바둑판 모양의 도시에는 거장이 남긴 독특한 형태의 건축물들이 가득했다. 모두가 입을 모아 코르뷔지에를 칭송하고 나 또한 존경을 표하는 바이지만 내가 찬디가르에 온 주된 이유는 그가 아닌 다른 인물에게 박수를 보내기 위해서다. 인류 역사상 가장 창의적인 공무원이라고 해야 할까? 혹은 인도 최고의 괴짜 공무원이라고 불러야 할까? 진정한 덕업일치를 이룬 '넥 찬드'를 만나기 위해 그가 평생 공들인 정원 '넥 찬드 락 가든(Nek Chand Rock Garden)'으로 향했다.

검표를 마치고 바위 정원으로 들어서자마자 엄청난 인파가 나를 맞았다. 도저히 입구를 벗어날 수가 없었다. 다들 안으로 빨리 들어가지 않고 뭘 하는 건가 싶어 답답했다. 하지만 곧 나 역시 뒷사람의 갈 길을 막는 처지가 되었다. 소문대로 공원 초입부터 기상천외한 작품들이 줄을 이었다. 기상천외의 뜻이 '보통 사람은 짐작할 수 없을 만큼 생각이 기발하고 엉뚱함'이니 이 단어보다 넥 찬드의 작품을 완벽하게 묘사하는 단어는 없을 것이다. 부서진 타일을 조합해 만든 괴상한 조각이 끝이 안 보이게 늘어서 있었다. 깨진 팔찌를 촘촘하게 이어 붙여 만든 인간 군상이 한 트럭이었다. 산업 폐기물을 모아 벽을 조성했으며 도자기를 쌓아 올려 탑

을 만들었다. 쓰레기와 폐품이 오브제였다. 평범함이 멸종된 공간이었다.

넥 찬드가 산업 폐기물과 쓰레기를 수집하는 요상한 행동을 시작한 건 1950년대 후반으로 거슬러 올라간다. 당시는 르 코르뷔지에에 의해 도시 건설이 한창이던 시절이다. 도시에는 남겨진 건축 자재가 나뒹굴었고, 각종 폐기물과 쓰레기가 넘쳐났다. 도로 관련 공무원으로 일하던 넥 찬드는 누구의 관심도 받지 못하고 버려지는 것들에 주목했다. 자전거를 타고 건설 현장을 왕복하며 버려진 도자기와 전선, 깨진 유리, 부서진 콘센트, 돌멩이 등 온갖 폐품을 수집했다. 늘 무언가를 만들기 좋아하던 그는 폐품을 재활용해 자신만의 색깔이 담긴 작품을 만들기 시작했다. 넥 찬드 표 '정크 아트'는 그렇게 탄생했다.

시간이 흐를수록 그 양은 늘어났고 취미로 시작했던 작업은 광기 어린 집착으로 이어졌다. 이후 건설 현장 주변의 공터를 발견한 그는 아무도 모르게 그곳을 작업 공간으로 개척했다. 퇴근 후에는 늘 아지트로 달려가 작업에 몰두했고 밤마다 그의 손을 거친 흉물은 예술이 되어 부활했다. 자전거 뼈대는 동물 모양으로 바뀌었고 깨진 유리는 모자이크 타일이 되었다. 파편이 모여 계곡이 되었고 조각이 쌓여 벽을 이루었다.

혹여라도 누구에게 발각될까 모든 작업은 비밀리에 이루어졌다. 이러한 은밀한 일탈은 15년이나 이어졌다. 하지만 넥 찬드가 건설한 비밀의 정원은 그곳을 발견한 정부 관리에 의해 만천하에 드러났다. 곧 그의 작업 공간과 작품은 도시 확장을 위해 철거될 위기에 처했지만 다행히 그를 지지하는 단체와 그의 작업을 극찬하는 서구 언론 덕에 넥 찬드와 그의 작품들은 위기에서 벗어날 수 있었다. 오히려 유명세를 떨치자 정부로부터 보조금과 일꾼까지 지원받으며 지금의 넥 찬드 락 가든이 완성되었다. 시대를 앞서간 괴짜 아티스트는 2015년 90세의 일기로 타계할 때까지 50여 년간 자신의 정원에 수만 점의 기괴한 작품을 남겼다.

정원은 어마어마하게 넓었는데 기암괴석을 조합해 만든 협곡이 있을 정도였다. 콘크리트 폐품으로 만들어진 성 위에서는 폭포가 쏟아져 내렸다. 부서진 세면대와 수명이 다 된 조명 스위치가 모여 언덕을 만들었다. 거의 무에서 유를 만드는 수준이었다. 연못 위에 놓인 다리도, 정원의 공간을 나누는 아치형 문도 산업 폐기물이 재료였다. 그러나 보통 사람은 상상조차 하지 못할 다양한 작품을 연달아 만나다 보니 그가 가졌던 최고의 재료는 폐품이 아닌 창의력 그 자체라는 생각이 들었다. 그의 머릿속에는 분명 한 명분이 아닌 수십 명분의 창의력이 가득 차 있었을 것이다. 그렇지 않고서야 어떻게 이런 공간이 탄생할 수 있었겠는가.

슬그머니 연말이 다가오고 있었다. 더 아낄 필요도 없었다. 괴짜 공무원이 만든 이상한 나라에 갇혀 한 해 동안 마지막까지 아껴두었던 감탄사를 남김없이 퍼부었다. 르 코르뷔지에가 창조한 계획 도시를 인도 최고의 관광 도시로 탈바꿈시킨 넥 찬드. 어릴 때부터 이런 얘기를 자주 들었다. 언제나 한 사람이 세상을 바꾼다고. 적어도 찬디가르에서는 그 사람이 바로 넥 찬드다.

딱 하루만 평범했으면

# 모두가 꿈꾸는 세상

혹시 영화를 찍고 있는 게 아닐까 싶었다. 수십 명의 인도 남성과 그와 비슷한 숫자의 인도 여성이 한 공간에서 설거지를 하고 있었다. 그들은 불쾌함이나 어색함 없이 하하 호호 깔깔대며 수천 개의 식판을 닦고 있었다. 집안일은 오로지 여성의 몫으로 생각하는 지극히 가부장적인 나라 인도에서 이러한 장면을 볼 수 있다는 게 신기했다. 소문대로 이곳은 누구나 평등한 곳이자 서로에 대한 배려가 넘치는 곳이었다.

'황금 사원'은 모든 시크교도들이 가고 싶어 하는 시크교 최고의 성지다. 그런 이유로 황금 사원을 품은 도시 '암리차르'에는 매년 수백만 명의 순례자가 몰려든다. 낯선 종교에 대한 궁금증이 가득했던 나도 그 틈에 끼어 황금 사원으로 향했다.

약 3000만 명의 신자를 가진 시크교는 15세기에 1대 구루(시크교에서 일컫는 스승)인 '나나크'가 오랜 수행 끝에 힌두교와 이슬람교를 절충하여

창시한 종교다. 하지만 국민 대다수가 힌두교를 믿는 인도에서 수백 년에 걸친 종교적 박해를 받았다. 비교적 최근인 1984년에는 독립을 외치는 시크교도를 향해 인도 정부군이 실탄을 발포해 수천 명이 학살된 참극도 있었다. 당시 공격을 지시했던 인디라 간디 총리는 시크교를 믿던 경호원에 의해 암살되었고, 이후 시크교에 대한 보복과 핍박은 더욱 심해졌다.

이렇듯 아픈 역사를 가지고 있는 시크교이지만 그 교리는 놀랍도록 관대하다. 누구나 평등하다는 것이 교리의 밑바탕에 깔려 있어서다. 시크교 안에서는 남녀노소 누구나 평등하며 신분과 지위의 높낮음도 존재하지 않는다. 모두가 교인인 동시에 지도자이며 명상을 통해 서로를 감싸 안아야 한다는 가르침을 전파한다. 더 놀라운 건 자신의 종교에 대한 강요도 없으며 타 종교에 대한 억압도 없다는 것이다. 불필요한 의식과 격식도 경계한다. 나는 이토록 이상적인 교리를 본 적이 없다. 내가 시크교에 관심이 간 건 당연한 일이었다.

황금 사원 입구에서부터 평등이 실천되고 있었다. 일단 신성한 역사 유적임에도 입장료가 없었다. (당연한 얘기처럼 들리겠지만 인도 내에 있는 주요 사원과 이름난 유적은 어김없이 입장료를 받는다. 심지어 타지마할처럼 외국인에게 자국민 입장의 수십 배를 받는 곳도 있다.) 입구에 창을 든 문지기가 서 있지만 신성함을 유지하기 위한 두 가지 복장 규율만 갖추면 누구의 입장도 제지하지 않는다. 그 규율이란 것도 간단했다. 머리를 가리고 신발을 벗을 것. 남성 시크교도의 경우 신이 주신 것을 훼손하지 않는다는 의미로 수염을 기르고 장발을 유지하며 터번을 착용한다. 인도 북부에서 쉽게 만날 수 있는 형형색색의 터번을 두른 남자들은 대개가 시크교인이

　　　　　　　　　　　　　　　　　　딱 하루만 평범했으면

다. 여성도 스카프 등으로 머리를 가린다.

이곳까지 왔는데 머리를 가릴 무언가가 없다고 해서, 신발을 벗어둘 곳을 찾지 못했다고 해서 난감해할 필요는 없다. 사원 입구 주변에서 무료로 두건을 나눠주고 신발과 짐도 보관해주기 때문이다. 결론적으로 황금 사원은 이곳까지 발걸음을 한 모든 이들을 향해 문을 활짝 열어놓는다.

나 역시 어떤 제재도 없이 입구에 들어섰다. 저 멀리 거대한 황금 돔을 가진 사원이 호수 위에 떠 있었다. 사원을 에워싼 호수가 치유의 힘을 가진 성수로 알려져 있어선지 많은 이들이 호수에 몸을 담근 채 기도를 하고 있었다.

웅장한 황금 사원 내부와 비단잉어가 헤엄치는 너른 호수도 눈길을 잡아끌었지만 가장 인상적인 장면은 사원 서쪽 식당에서 펼쳐졌다. '구루 카랑가르'라 불리는 복잡한 이름의 사원 식당에 다다르자 신도와 방문객이 질서정연하게 줄을 선 채 입장을 기다리고 있었다. 많을 때는 이곳에서 하루 6만 명 이상이 기도를 마치고 식사를 한단다. 식당 입구에는 터번을 두른 남자들이 끝도 없이 밀려드는 인파에도 웃음을 잃지 않으며 식판을 나눠주고 있었다. 식당 안에는 족히 천 명 단위는 되어 보이는 사람들이 바닥에 앉아 배식을 기다리고 있었다. 남녀가 거리낌 없이 한 곳에 어우러져 있었고 두건을 뒤집어쓴 푸른 눈의 서양인도 보였다. 자원봉사자들이 그들 사이로 커다란 배식통을 밀고 다니며 밥과 국을 나눠주었다. 누구든 더 달라고 하면 더 주었다. 여기서는 누구나 똑같이 바닥에 주저앉아 신께 감사하며 식사를 했다.

국을 나르던 한 봉사자가 카메라를 들고 기웃거리는 나의 어깨를 툭툭 쳤다. 혹여나 촬영이 문제가 되는 것일까? 미안하다는 말을 먼저 꺼낸 내

　　　　　　　　　　　　　　딱 하루만 평범했으면

게 그는 마음껏 사진을 찍으라고 말한 뒤 식사를 하고 가라며 식판을 건넸다. 수천 명에 둘러싸여 밥을 한 술(정확히는 한 손) 떴다. 순간 몸이 부르르 떨리며 묘한 감동이 찾아왔다. 내가 항상 꿈꾸던, 아무런 차별이 없는 공간이 바로 이곳이었다.

한 야구 기자가 이런 말을 했다.

"스포츠를 바라보는 제 눈은 문맹과 색맹입니다."

그의 표현은 나의 여행 철학과 정확히 일치한다. 여행 중일 때만큼은 상대의 국적도 피부색도 전혀 신경이 쓰이지 않는다. 동시에 그 어떠한 정치적 편견도 개입되지 않는다. 길 위에서 만난 모두가 소중한 나의 스승이다. 모호한 기준에 의해 '후진국'이라 불리는 나라의 어두운 뒷골목에서도, '선진국'이라 불리는 나라의 휘황찬란한 대로에서도 가장 부족한 존재가 나 자신임을 알고 있기 때문이다. 그곳에서 마주친 사람을 마음대로 판단하기에도, 그곳의 문화를 멋대로 재단하기에도 나는 한없이 부족한 떠돌이다.

여행을 하면 할수록 한국에서 치열하게 얻고자 했던 지식이 대단한 것이 아니었음을 깨닫는다. 한참 어린 거리의 소년이 나의 스승이 되기도 하고, 내 나이의 곱절이 넘는 노인이 나의 친구가 되기도 한다. 내가 가지고 있는 많은 생각들이 길 위에서 형성되었기 때문에 나는 일상 속에서도 여행할 때와 비슷한 생각을 하며 살아간다. 외모에 의한, 돈에 의한, 나이에 의한 그 어떤 차별도 없이 모두가 존재 자체로 존중받고 서로를 배려하는 사회가 바로 내가 꿈꾸는 이상향이다. 그런 곳을 황금 사원에서 기습적으로 만났다. 심지어 정신적, 신체적 장애도 전혀 문제가 되지 않는 곳이었다. 내겐 황금 사원이 아니라 꿈의 궁전이었다.

딱 하루만 평범했으면

의미 있는 식사를 마치자 문득 이 많은 사람들을 위한 식사 준비와 그 뒤처리는 어떻게 할까에 대한 의문이 뒤따랐다. 식당 옆 주방으로 향했다. 역시 누구에게나 개방된 공간이었다. 일을 돕고자 자원 봉사를 자처한 이들이 길게 줄을 서 있었다. 타인을 위해 나를 낮추고 희생하는, 말은 쉽지만 행동하기 어려운 모든 종교의 기본적인 가르침이 여기에선 민들레 꽃씨처럼 퍼져 있었다. 수백 명의 남녀가 어우러져 식판을 닦는 모습은 장관이었다. 보수적인 인도 남자들이 웃음을 머금고 설거지를 하는 모습은 보기만 해도 기분이 좋았다.

음식 준비가 한창인 곳의 모습도 다르지 않았다. 남녀노소가 함께 둘러앉아 감자 껍질을 벗기고 채소를 다듬었다. 수만 명을 위한 음식을 준비하다 보니 재료의 양이 엄청나 짜증이 날 법도 한데 그런 생각을 한 내가 한심해질 정도로 모두가 밝은 얼굴로 담소를 나누며 작업을 이어가고 있었다.

황금 사원에는 순례자와 여행자를 위한 숙소도 있다. 누구나 찾아가기만 하면 몇 날 며칠을 아무런 조건 없이 머물 수 있다고 한다. 황금 사원보다 빛나는 건 황금 사원을 지키는 이들의 마음이었다. 식당과 주방을 오가며 그 마음에 감탄하던 내가 할 일은 당연했다. 자원 봉사를 하기 위해 줄을 서 있는 시크교인들 뒤에 섰다. 그들은 이방인인 내가 왔다고 놀라지도 엄지를 치켜세우지도 않았다. 그저 나에게 씨익 웃어줄 뿐이었다.

# 지상 최고의 국경 쇼

9월에 시작한 여행이 해를 넘겼다. 새해 첫날부터 봉고차를 잡아타고 국경을 향해 달렸다. 새로운 나라로 넘어가려는 건 아니다. 국경에서 열리는 국기 하강식을 보기 위해서다. 굳이 남의 나라 국기를 내리는 걸 왜 보러 가느냐고 물으신다면 전 세계 그 어느 국경에서도 볼 수 없는 흥미진진한 국가 대항전이 열려서라는 대답을 드리겠다.

"외국인이에요! 한국에서 왔어요!"

다급하게 외쳤다. 외국인이라고 차별하면 여섯 살 꼬마처럼 토라지면서 당장 급할 때는 외국인이라는 사실을 마패처럼 써먹는다. 곧 국기 하강식이 시작되려는지 국경 쪽에서 함성 소리가 울려 퍼졌다. 그런데 인파에 막혀 30분째 검문소에 줄을 서 있었다. 안 되겠다 싶어 국경 수비대원 하나를 붙잡고 오로지 이걸 보기 위해 여기까지 왔다고 말하며 최대한 불쌍한 표정을 지었다. 나의 작전은 성공했고 그는 나를 안쪽으로 밀어 넣어주었다. 나는 국경을 향해 전속력으로 달렸고, 곧 인도와 파키스탄 국경에 도착했다.

두 나라는 우리나라와 일본처럼 강력한 라이벌 관계다. 영국의 식민 통치 아래 둘은 평화를 유지했으나 (당시 지금의 파키스탄은 인도의 일부였다), 1947년 영국이 물러난 뒤 종교적인 갈등으로 인해 분쟁이 시작됐다. 이슬람교를 믿는 파키스탄과 힌두교를 믿는 인도 사이에 전쟁이 발생했고 끔찍한 희생이 뒤따랐다. 당시 충돌로 인해 죽어 나간 사망자가 양국 합해 수십만에 달한다. 이렇게 서로 으르렁대던 두 나라가 이제는 국경을 마주하고 국기 하강식을 통해 선의의 경쟁을 펼치고 있다. 양국의 긴장감 넘치는 대립을 고려하면 오히려 긍정적인 모습이 아닐까 싶다.

나는 제3국의 일원으로 중립을 유지하기로 했으나 국경을 넘나들 수는 없기에 인도 측 응원석(?)으로 향했다. 그리고 깜짝 놀랐다. 인도에 거대한 콜로세움이 있다는 사실을 처음 알게 되어서다. 그 원형 공간은 웬만한 축구 경기장보다 좌석이 많았다. 하지만 당장 내 엉덩이를 붙일 빈자리 하나가 없을 만큼 만석이었고, 월드컵 결승에 맞먹는 열기로 가득했다. 'I LOVE INDIA'가 새겨진 모자를 쓴 수천의 인도인들은 국기까지 흔들며 열띤 응원전을 펼치고 있었다.

이 행사는 단순히 해가 저물기 전, 국경을 폐쇄하기 전에 국기를 내리는 의식이다. 하지만 인도와 파키스탄은 이 행사를 국가 대항 스포츠로 재탄생시켰다. 어느 쪽 군인이 더 멋지고 절도 있게 하강식을 벌이는지 경쟁하는 것이다. 그곳에는 응원 단장까지 있었다. 그는 행사를 준비하는 군인들 곁에서 경망스런 몸짓을 주저하지 않았다. 목도리도마뱀처럼 얼굴에 손을 가져가 양손을 흔들며 깨방정을 떨었다. 그 익살맞은 응원에 맞춰 장내 아나운서가 함성을 유도하자 그곳의 모두가 기립해 소리를 지르며 인도 특유의 스타일로 덩실덩실 춤을 추기 시작했다. 발리우드 영화 속에 들어와 있는 것 같았다. 주인공인 응원 단장의 시동에 형형색색의 옷을 입은 수천의 조연들이 흥분을 주체하지 못하고 격렬하게 몸을 흔들었다. 곧 허공에 엔딩 크레딧 자막이 뜰 것 같았다. 흥이 오를 대로 오른 나도 떼창과 떼춤에 동참했다. 이건 축제였다. 2002년 월드컵 4강 신화 당시 서울 시청 앞에서 느끼던 열기였다. 이 국경은 매일이 월드컵 4강인 것이다.

이윽고 기다렸던 양국의 군인이 등장했다. 수많은 인파 때문에 파키스탄 쪽 군인의 모습은 보이지 않았다. 인도 군인은 바로 앞에서 근엄한 얼굴로 전의를 불태웠다. 응원석의 모두가 춤을 추고 함성을 지르며 난리를 피우고 있어서 군인의 진지함이 더 웃겼다. 열 명 정도의 군인이 열을 맞춰 섰다. 모두 머리에 우스꽝스러운 장식을 뒤집어썼는데 누가 봐도 딱 닭 벼슬 모양이었다. 그들이 쭈그려 앉으면 꽁무니에서 달걀이 튀어나올 것 같았다.

드디어 행사가 시작되었다. 한 군인이 격정적으로 발을 구르는 순간 주체할 수 없는 웃음이 터져 나와 그 자리에 주저앉았다. 어찌나 끅끅거렸는지 뱃가죽이 찢어질 것 같았다. 상대의 기를 죽이기 위해 다리를 최대한 높이 들어 올려 행진을 하는데 그 처절한 몸부림이 보는 이로 하여금 폭소를 자아내게 했다. 군인은 군화가 닭 벼슬에 닿을 때까지 발을 들어 올렸다. 다리가 찢어지는 고통 때문인지 군인의 얼굴은 있는 대로 찌그러졌다. 이건 행진이 아니라 다리 높이 들기 기록에 도전하는 것 같았다. 세상에서 가장 격정적인 행진이 파키스탄 국경선 바로 앞까지 이어졌고, 코앞에서 상대를 마주한 군인들은 기선 제압을 위해 과도하게 발

을 굴렸다. 어찌나 세게 발을 쿵쾅대는지 그들의 도가니가 남아나지 않을 것 같았다. 발을 구른 뒤엔 알통을 자랑하듯 상대를 향해 양손을 어깨 위로 들어 올렸다. 모든 행위가 오버 액션 그 자체였다.

멀리 보이는 파키스탄 군인도 마찬가지였다. 양국의 군인이 닿을 듯 가까워지니 응원 열기도 달아올랐다. 우리 편 공격수가 상대편 골키퍼와 일대일 찬스를 잡은 것처럼 길길이 날뛰며 흥분했다. 인도 군인이 상대를 향해 마이클 잭슨처럼 하늘을 찌를 듯 두 손가락을 들어 올리는 순간, 이건 역전골이었다. 수천의 인도인이 수백만의 함성을 만들어냈다. 귀가 터질 것 같았다. 고래고래 소리를 지르고 군인의 우스꽝스런 동작을 따라 했다. 국경을 가득 메운 인파가 흥분을 이기지 못하고 펄쩍펄쩍 뛰었다. 분명 우주의 위성 카메라에서도 포착될 만한 광분의 현장이었다. 우습다 못해 기괴하기까지 한 군인들의 대결은 30분 넘게 진행됐다.

국기를 내릴 생각이 있는 건지 없는 건지 개인전에 이어 단체전까지

딱 하루만 평범했으면

이어졌다. 대여섯 명이 조를 이뤄 또 다리를 한껏 들어 올리며 걸었다. 쓸데없이 가슴을 팡팡 치며 열의를 뽐내는가 하면 저러다 뽑혀 나가는 게 아닐까 걱정될 정도로 심하게 팔을 흔들며 맹렬히 국경을 향해 돌진했다. 그리고 걸음을 멈춘 뒤에는 마치 아이돌 그룹의 공연 피날레처럼 짠, 하고 각도를 맞춰 손을 들어 올렸다. 그런데 한 군인이 실수로 반대쪽 손을 들어 올렸다. 오류가 난 태엽 장치 인형 같았다. 나는 이성을 잃고 자지러졌다. 웃느라 몸이 들썩거리는 와중에도 그 모습을 열심히 영상으로 담았다. 우울할 때마다 찾아보면 조증에 걸린 사람처럼 깔깔대며 웃을 수 있을 것 같았다.

마침내 국기가 내려지고 양국 국경의 문이 닫혔다. 국기를 품에 고이 안은 한 군인이 흥분을 가라앉히고 국기를 정성스레 접었다. 그러고는 앞뒤에 있던 군인들과 함께 다시 코미디를 시작했다. 국기를 품에 안은 채 발을 쾅쾅 구르며 로켓 발사하듯 다리를 하늘로 쏘아 올렸다. 국기가

창고로 들어가고 나서야 화려한 퍼포먼스가 막을 내렸다.

이건 지상 최대의 국경 쇼였다. 기승전결이 확실한 연극이며 눈을 뗄 수 없는 유쾌한 공연이었다. 돈도 안 받고 수천 명에게 이런 쇼를 보여주다니! 양국의 국경 사무소는 노벨 위원회로부터 수백만의 사람들에게 웃음을 안겨준 명목으로 노벨평화상을 받아 마땅했다.

쇼가 끝난 뒤에도 감흥은 쉽게 가라앉지 않았다. 배우가 퇴장한 공연장으로 우르르 쏟아져 나와 열광적으로 '인디아!'를 외치는 인도인들과 셀카를 찍으며 국경 반대편으로 행진했다. 새해 첫날부터 몇 달 치 웃음을 한꺼번에 선물받았다. 새해 소망으로 올 한 해도, 앞으로의 여정도 지금처럼 웃음이 끊이지 않기를 빌었다.

# 축제의 제왕

태어나자마자 성이 '태'라는 이유로 '태백산' 혹은 '태극기'라는 이름을 가질 뻔한 역사를 알고 있기에 나는 내 이름에 불만을 가진 적이 없다. 당연히 개명을 생각해본 적도 없지만 필명은 '태축제'로 써도 되겠다는 실없는 생각을 한 적이 있다. 여행을 하다가 뜬금없이 축제를 많이 만났기 때문이다. 어디든 가는 곳마다 우연히 축제가 줄을 이었다. 그 유명한 독일의 '옥토버 페스트'도, 태국의 '송끄란'도, 스페인의 '토마토 축제'도 주변 지역을 무심코 여행하다 개최 시기가 맞아 구경했던 축제들이다. 이번 여행에서도 축제를 자주 만났다. 미얀마에 가기 전 스치듯 들렀던 부탄에선 1년에 딱 3일 열리는 국가적인 이벤트 '체추(Tsechu) 축제'를 만났고, 미얀마에선 열기구를 탄 것으로 모자라 아예 '타웅지'라는 도시에서 개최되는 열기구 축제를 경험했다. 이 정도면 축제의 제왕이라 불러도 무방하지 않을까?

이러한 축제 운은 여정 막판까지 이어졌다. 사막 지역으로 유명세를 탄 '자이살메르'를 여행하던 중 바로 윗동네인 '비카네르'에서 열리는 '낙

　　　　　　　　　　　　　　딱 하루만 평범했으면

타 축제' 포스터를 보게 되었다. 그리고 그 순간 축제의 제왕은 비카네르행 버스를 예매하기 위해 터미널로 향하고 있었다.

단지 외국인이라는 이유로 내게 주어진 좌석은 축제를 코앞에서 즐길 수 있는 스타디움 가장 앞쪽의 VIP석이었다. 태생이 배낭여행자인지라 이런 특권은 내게 전혀 어울리지 않았지만 굳이 사양하지 않았다. 일반 관람석이 축제가 열리는 스타디움의 중앙으로부터 너무도 멀어서였다. 그렇게 나는 팔자에도 없던 VIP석 소파에 몸을 던졌다.

곧 비카네르 시내를 행진했던 축제 공연단이 줄줄이 모습을 드러냈다. 신명 나는 군무가 이어지자 여기저기서 함성 소리가 터져 나왔다. 축제 분위기가 절정으로 치닫는 가운데 축제의 주인공인 낙타들이 극도로 화려한 치장을 한 채 스타디움 안으로 들어섰다. 반짝이는 장식에 눈이 부셔 눈을 질끈 감아도 진한 잔영이 남을 정도로 휘황찬란했다.

축제의 장을 여는 '낙타 장식 콘테스트'에 참여한 낙타들은 세상에 존재하는 모든 색을 뒤집어쓴 듯했다. 말의 두 배 정도 되는 거대한 몸집을 가진 낙타가 총천연색의 장식에 가려 눈만 겨우 보였다. 자동으로 벌어진 입이 한동안 닫힐 생각을 안 했다. 낙타의 코끝에서 긴 목까지 형형색색의 꽃이 줄줄이 엮여 있었다. 그 자체로 그랑프리를 수상하고도 남을 수준의 꽃꽂이 작품이었다. 낙타가 입을 씰룩거릴 때마다 꽃물결이 출렁거렸다. 장식은 목덜미에서부터 불룩 솟은 등을 지나 엉덩이까지 이어졌다. 그 사이에 인도 국기도 꽂혀 있었고 생뚱맞게 벽시계도 걸려 있었다. 동글동글한 공 모양의 소품도 주렁주렁 매달려 있어 감탄을 자아냈다.

크리스마스트리를 방불케 하는 낙타가 줄지어 우아하게 이동하는 동안 심사 위원들이 꼼꼼하게 낙타를 살폈다. 정장을 멋지게 차려입고 근

엄한 표정으로 장식을 하나하나 평가하는 그들의 모습은 다소 우스꽝스러웠다. 그들이 채점표에 점수를 적을 때마다 몇 달간 낙타 장식에 공을 들였을 낙타 주인들의 희비가 엇갈렸다. 내 눈엔 모두 100점이었지만 심사 위원들은 눈을 매섭게 부릅뜨고 낙타의 털 한 올까지 용의주도하게 평가했다.

나는 본격적으로 소파를 박차고 일어나 취재를 나온 기자들 틈을 비집고 들어갔다. 이리 뛰고 저리 뛰며 축제를 기록하고 즐겼다. 낙타 장식 콘테스트가 계속되는 와중에도 주변에서는 각종 부대 행사가 열렸다. 한쪽에선 낙타 유 시음회도 열렸다. 시음회를 주최한 단체에 의하면 낙타 유는 피부에도 좋고 정력에도 좋단다. 남녀가 모두 만족할 만한 귀한 음료였다. 각종 질병 예방에도 뛰어나다고 하니 만병통치약이 따로 없었다.

낙타와 함께 기념사진을 찍는 코너도 있었다. 낙타와 얼굴을 부비며 잊지 못할 사진을 남길 수 있는 곳이라 수십 명의 꼬마들이 몰려들었다. 장내 아나운서는 잠시도 입을 쉬지 않았다. 영어 해설을 맡은 아나운서는 코미디언 출신인지 말끝마다 유쾌한 농담을 던졌다. 낙타 장식 콘테스트를 미스 유니버스 대회에 비유하며 그 놀라운 화려함을 강조했다. 그리고 잠시 후에 낙타 댄스 대회가 열린다며 호들갑을 떨었다. 에이, 무슨 낙타가 춤을 춰? 내 멋대로 낙타를 무시했지만 갑자기 스타디움 한쪽에서 낙타 한 마리가 주인과 함께 경중경중, 현란한 스텝을 밟으며 등장했다. 기습적으로 펼쳐진 장면이 너무나 재밌어서 눈을 뗄 수 없었다. 인도 특유의 발리우드풍 뽕짝 음악이 울려 퍼지는 가운데 낙타가 리듬을 타며 몸을 들썩였다. 몸치인 나보다 나았다. 낙타의 춤을 유도하기 위해 혼신의 힘을 다하고 있는 주인의 몸짓은 다소 처절해 보였다. 주인들이

솔선수범하여 기괴한 춤사위를 벌이면 낙타가 똑같이 따라 하는 식이었다. 솔직히 낙타보다 주인이 더 고생이었다. 낙타가 춤을 추는 건지, 주인이 추는 건지 분간이 가지 않았다.

혹여라도 낙타를 학대하는 건 아닌지 약간의 걱정이 되기도 했지만 낙타 주인들은 공연 후에 낙타를 끌어안고 입을 맞추었다. 너무도 예뻐하는 게 눈에 보였다. 정성을 다해 빗질을 해주고 낙타에게 물을 먹였다. 그들에게 낙타는 생계를 책임져주는 고마운 존재이자 애완견 같은 반려동물이었다.

마지막으로 무대에 오른, 유난히 덩치가 큰 낙타는 놀랍게도 두 발로 서서 춤을 추었다. 길쭉하고 커다란 낙타가 벌떡 일어서니 그 위용이 엄청났다. 스타디움을 가득 메운 사람들과 똑같이 환호하고 열광하며 온몸으로 축제를 즐겼다. 내 옆에 있던 인도 기자가 내게 어느 나라에서 온 기자냐며 명함을 건넬 정도였다. 어쩌다 얻어 걸린 낙타 축제도 대만족이었다. 이 정도면 정말 필명을 '태축제'로 써도 되지 않을까?

# 맥주와 소고기가 흐르는 땅

　　　맥주가 너무 마시고 싶었다. 여행 중에 음식이 잘 맞지 않는 것보다 더 큰 고생은 먹고 싶은 걸 먹지 못하는 것이다. 보수적이고 종교 색채가 강한 북인도에서 맥주를 마시는 건 그리 쉬운 일이 아니었다. 마지막으로 마음껏 맥주를 마신 게 히말라야 트레킹을 마친 뒤였으니 벌써 한 달이 넘었다.

　힌두교는 전통적으로 음주 문화를 경계한다. 때문에 술집은 없다시피 하고 술을 파는 음식점도 극히 드물다. 아예 금주법이 지정된 주가 있을 정도다. 간혹 호텔에서 외국 여행자를 상대로 맥주를 파는 경우가 있지만 사실상 암거래라서 터무니없이 비싼 가격을 받는다. 여행 중엔 1일 1맥주를 고집하는 내게 맥주를 못 마시는 건 고문이었다.

　상황이 이러하니 금단 현상이 생기기 시작했다. 귀국이 얼마 남지 않았지만 그 며칠을 참기가 힘들었다. 서둘러 남쪽으로 가야 했다. 듣기로 남인도는 다르다고 했다. 비교적 개방적이라 펍도 있고 클럽도 있다고 했다. 심지어 해변으로 유명한 '고아주'는 술이 면세라 맥주가 물만큼 싸

다고 했다. 고아주를 마음에 품었다. 무엇보다 맥주가 간절했고 휴양지
라는 점도 마음에 들었다.

돌이켜보면 이번 여행도 늘 그랬듯이 쉼 없이 달렸다. 누가 쫓아오거
나 동행하는 것도 아닌데 전진하고 또 전진했다. 주인을 잘못 만난 내 몸
과 다리에게 미안했다. 쉬게 해줄 테니 조금만 더 고생하라고 위로했다.
'우다이푸르'에서 '뭄바이'까지 한 번에 가는 버스를 탔다. 열여섯 시간이
걸렸다. 뭄바이에 잠깐 머문 뒤 다시 열세 시간이 걸리는 기차를 탔다. 그
렇게 사흘 만에 고아주에 몸을 들이밀었다.

혹독한 이동이 끝난 뒤에야 원하는 해변을 물색하는 행복한 고민에 빠
질 수 있었다. 고아주에 있는 수많은 해변 마을 중 배낭여행자의 고향이
라 불리는 '팔로렘'을 안식처로 낙점했다. 그리고 팔로렘에 도착하자마
자 재빨리 숙소를 구하고 바닷가로 뛰어나갔다. 하늘과 바다가 사이좋게

새파랬고 키다리 야자수가 병풍처럼 펼쳐져 있었다. 기대 이상으로 아름다운 해변이었지만 풍경은 어차피 조연이었기에 큰 상관은 없었다. 원 없이 맥주를 마시고 늘어지게 쉬기 위해 이곳에 왔으니까.

예상대로 해변을 따라 끝없이 카페와 레스토랑이 이어졌다. 그리고 손님이 앉아 있는 거의 모든 테이블에 맥주가 떡하니 자리 잡고 있었다! 한동안 소식 없이 지내던 죽마고우를 마주한 기분이었다. 한달음에 눈에 보이는 레스토랑으로 달려갔다. 맙소사! 맥주의 종류만 열 가지가 넘었

딱 하루만 평범했으면

다. 가격도 착했다. 마트도 아니고 해변에 위치한 레스토랑인데 650밀리리터 대자 맥주가 1000원이었다. 그 자리에서 대자 두 병을 들이켰다. 한 달 동안 차곡차곡 쌓인 갈증이 한 방에 씻겨 나가는 기분이었다. 긴 여행 끝에 귀국해 허겁지겁 먹는 김치찌개와 견줄 만한 감동이었다. 전반적으로 채식을 고집하는 북인도와는 다르게 이곳에서는 스테이크까지 팔았다. 당연히 치킨 스테이크일 거라고 생각했는데 두툼한 소고기가 나와서 경악했다. 힌두교에서 소는 숭배의 대상이다. 소고기 섭취는 엄격하게 금지되어 있다. 하지만 해외 여행객이 대다수인 팔로렘은 예외인 모양이었다. 눈이 뒤집혔다. 인도에서 그간 먹을 수 없었던, 내가 가장 좋아하는 맥주와 소고기가 당당히 메뉴판에 이름을 올리고 있었다. 게다가 두 가지 메뉴의 가격을 합쳐도 달랑 5000원이었다. 불과 며칠 전까지 구경조차 하기 힘들었던 두 조합이 외치기만 하면 눈앞에 등장했다. 지상낙원이었다. 고민할 필요도 없이 바로 휴식 모드에 들어갔다.

누군가에게 '3일간 완벽히 쉴 수 있다면 뭘 할래요?'라는 질문을 받은 것처럼 하고 싶은 모든 걸 하며 쉬었다. 아침 11시까지 정신없이 자다가 '트레인스포팅' OST를 크게 틀어놓고 샤워를 했다. 머리가 채 마르기도 전에 해변으로 달려가 꼴깍꼴깍 맥주를 마셨다. 안주는 스테이크와 바다였다. 바다를 눈에 담으며 스테이크를 썰고 맥주는 꼭 한 병 더 추가했다. 취기가 돌기 전에 파도를 향해 뛰었다. 홀로 깔깔거리며 물놀이를 즐겼다. 따가운 햇살에 목덜미가 벌게질 때면 아이스크림과 감자 칩을 손에 들고 숙소로 갔다. 씻지도 않고 침대에 누워 스마트폰 삼매경에 빠졌다. 그러다 감자 칩을 오물대며 영화를 봤다. 졸음이 찾아올 때면 노트북을 그대로 덮어버리고 낮잠을 잤다. 반라의 상태로 잠이 들었기에 해가

질 무렵이면 희미한 한기가 느껴져 눈을 떴다. 다시 해변으로 나가 맥주와 스테이크를 주문했다. 파도와 술래잡기를 하는 꼬마들과 해변 축구를 즐기는 소년들을 구경하다 수평선 너머로 사라지는 노을을 감상했다. 그렇게 내리 3일을 보냈다. 늘어지게 쉬는 것도 좋았고, 먹고 싶은 걸 마음껏 먹을 수 있는 것도 행복했다. 여행 막판에 즐긴 꿀맛 같은 휴식이었다.

딱 하루만 평범했으면

# 해가 진다

누구나 마지막만큼은 멋지게 끝내기를 바란
다. 그게 어떤 분야든 끝이 보일 때쯤 '화려한 피날레' '유종의 미'와 같은
표현이 남발되는 데에는 다 이유가 있다. 나도 마찬가지였다. 길었던 여
행에 완벽한 마침표를 찍어줄 만한 곳이 필요했다. 고르고 고른 여행지
가 바로 '함피'였다. 인도 최고의 풍경이라 생각했던 타지마할을 꺾은 곳
이라 관심이 갔다. 론리플래닛 가이드북은 책 초반부에 해당 지역 최고
의 볼거리를 가요 차트처럼 순위를 매겨 정리해놓는다. 인도 가이드북에
선 순위권에 오른 열일곱 곳의 여행지 중 1위가 함피였다. 넋을 잃고 봤
던 타지마할이 2위라 함피가 더 대단해 보였다. (최신 개정판에는 타지마할
이 1위로 올라섰다.) 심지어 함피 앞엔 '꿈결 같은'이라는 미사여구가 붙어
있었다. 객관적인 정보에 집중하느라 칭찬에 인색한 론리플래닛이 이 정
도 표현을 썼다는 것은 항상 무뚝뚝하기만 하던 아버지가 '사랑한다.'라
고 말한 것과 비슷한 수준이다.

팔로렘을 떠나 옛 힌두 왕국의 수도였다는 함피로 향했다. 사원을 제

외하고는 2층 높이의 건물조차 보기 힘든 시골이었다. 하지만 이 깡촌의 풍경은 근사했다. 불규칙적으로 쌓인 돌무더기가 산이 되어 함피를 둘러싸고 있었고 바위산 곁에는 무너진 유적이 가득했다. 몰락한 뒤 오랫동안 방치된 고대 도시의 모습은 터키의 카파도키아만큼이나 기기묘묘한 풍경을 자랑했다.

함피에서 유명한 '마탕가 힐'에 올랐다. 역시나 돌무더기가 쌓여 형성된 동네 앞산으로 전망대 역할을 하는 곳이었다. 나는 기왕이면 일몰까지 즐길 셈으로 하늘에 붉은 기가 돌 때쯤 등산을 시작했다. 나와 같은 목적을 가진 많은 사람들이 낑낑거리며 맨손으로 바위를 탔다. 함피는 인도 내에서도 입소문이 났는지 외국인 여행자뿐 아니라 현지인 여행자도 많았다.

가쁜 숨을 몰아쉬며 30분 만에 정상에 올랐다. 높은 곳에서 바라본 함피의 모습은 우주 어딘가에 숨어 있을 낯선 행성의 풍경 같았다. 사람이 사는 곳이라고 하기에는 너무 많은 바위가 나뒹굴고 있었고 울퉁불퉁한 지형도 항상 보던 것과는 결이 달랐다. 멀리 마을을 오가는 사람들이 외계인처럼 느껴졌다. 지구상에는 인간의 접근이 불가능한 지역의 비율이 꽤 높다고 한다. 이렇게 누구나 오갈 수 있는 곳의 풍경조차 할 말을 잃게 만드는데 인간의 발길이 닿을 수 없는 그런 곳에는 또 얼마나 대단한 절경이 숨어 있을까? 하염없이 함피 시내를 내려다봤다. 이번 여정의 마지막 여행지라 그런지 마음이 헛헛했다. 이대로 한국이 아닌 지구 반대편 어디론가 다시 떠나고 싶었다.

여행자들의 웃음소리가 마탕가 힐 정상에 가득했다. 일본인 여행자 두 명이 이제 막 시작된 노을을 배경 삼아 잔뜩 흥분한 채 사진을 찍고 있었

다. 셔츠에 카디건을 걸친 그들의 옷차림새가 너무도 깔끔했다. 아마도 함피가 첫 여행지이거나 나와는 반대로 남인도에서 여행을 시작했을 것이다. 그들 덕에 여행의 끝에서 여행의 시작을 떠올렸다. 원래 끝이 보일 때면 사람이 감상적이 되지 않던가.

이른 아침에 출발하는 비행기를 타기 위해 밤을 꼴딱 새고 공항으로 가던 이번 여행의 첫날이 벌써 다섯 달 전의 일이다. 그날의 나도 저들만큼이나 깔끔한 차림새였다. 청바지에 붉은 셔츠를 입었던 걸로 기억한다. 야구 중계를 보면 캐스터가 흙으로 범벅된 선수의 유니폼을 거론하며 '저 선수가 이번 경기에서 얼마나 열심히 뛰었는지는 유니폼을 보면 알 수 있습니다.'라는 멘트를 자주 한다. 그런 점에서 나는 이번 여행에서 참 열심히 뛰었다. 남아시아 곳곳을 누비는 동안 가져온 모든 옷은 말도 못하게 후줄근해졌고 새로 산 배낭도 시커멓게 변했다. 여행자에겐 지난 여정이 고스란히 담긴 훈장과도 같은 흔적이다. 그래서 나는 일본인 여행자들의 깔끔한 옷이 전혀 부럽지 않았다. 그저 같은 여행자로서 그들 역시 옷의 색이 바랠 때까지 안전한 여행길이 되길 마음으로 응원했다.

미얀마의 파란만장했던 열기구, 방글라데시의 천사들의 얼굴, 히말라야의 경이로운 설산이 차례로 떠올랐다. 인도에선 어디를 떠올려야 할지 몰라 잠시 고민했다. 그래, 그래도 함피 대신 타지마할로 하자. 아니, 순다르반스의 반짝이던 별빛 항해로 할까? 나도 모르게 여행을 정리하고 있었다. 이런, 만나고 싶지 않아 요리조리 열심히도 피해 다녔건만 여정의 끝은 어김없이 코앞에 와 있었다. 건너편 바위산 너머로 슬금슬금 해가 지고 있었다. 그와 함께 뜨겁게 타올랐던 나의 여행도 저물고 있었다.

　　　　　　　　　　　　　　　　딱 하루만 평범했으면

# 사상 초유의 귀국길

이마에 식은땀이 송골송골 맺히기 시작했다. 귀국을 앞두고 초유의 사태가 벌어졌다.

"다시 확인해보시면 안 될까요? 제가 탈 비행기가 곧 이륙할 예정이라 고요."

간곡한 마음으로 호소했지만 공항 직원은 단호했다. 입국 기록이 없으니 출국할 수도 없다며 날을 세웠다. 나는 순식간에 인도 불법 체류자로 전락하고 말았다. 예상치도 못했던 '출국 불가' 판정이 내려지자 머리를 강타당한 것처럼 정신이 멍해졌다. 도무지 어찌 된 영문인지 알 길이 없었으나 나는 법적으로 인도에 존재하지 않는 사람이었다. 무사히 집으로 돌아가려면 뭐라도 해야 했다. 세상 억울하다는 표정으로 답답함을 토로하니 공항 직원이 상관에게 무전을 쳤다. 출국 게이트에서 축출되어 사무실로 끌려가는 길에야 뒤늦게 공포감이 엄습했다. 생각보다 상황이 심각하게 전개되고 있었다. 용도를 알 수 없는 사무실에 나를 밀어 넣은 출입국 담당 직원은 범죄자를 다루듯 퉁명스럽게 나를 심문했다.

"인도에 입국한 게 언제입니까?"

"정확히 기억나지 않는데 두어 달 전쯤 네팔에서 넘어왔어요."

아이쿠, '정확히 기억나지 않는다.'는 쓸데없는 말이 불구덩이에 기름을 부은 격이 되었다. 직원은 그 말을 불확실하다는 뜻으로 받아들이겠다며 꼬투리 잡고는 나를 더욱 세게 압박했다. 당장이라도 감옥에 처넣을 것같이 나를 강압적으로 몰아붙였다.

"언제 인도에 왔냐고 묻고 있습니다!"

침착해야 했다. 제멋대로 요동치는 심장을 부여잡고 기억을 더듬었다. 이번 여행에서 나는 인도에 두 차례 입국했다. 방글라데시에서 인도 콜카타로 한 번 입국했고 이후 네팔로 넘어갔다가 히말라야 트레킹을 마치고 다시 인도 수나울리 국경으로 입국했다. 정신을 차리고 여권을 한 장, 한 장 넘기며 인도 입국 도장을 찾았다. 응? 뭐야! 나의 결백은 너무도 허무하게 증명되고 말았다. 콜카타에서 한 번, 수나울리에서 한 번. 두 개의 인도 입국 도장이 보란 듯이 여권에 찍혀 있었다. 문서상 증거가 완벽하니 더 이상 서로 시간 낭비를 할 필요가 없었다. 회심의 미소를 지으며 직원을 향해 입국 도장이 찍힌 여권 면을 펼쳐 보였다.

하지만 나의 예상과는 달리 이 위기 상황은 더욱 걷잡을 수 없는 사태로 치달았다. 인도 출입국 관리국의 전산에 따르면 수나울리 국경에서의 입국 기록이 없다며 입국 도장의 진위를 캐묻기 시작한 것이다. 아니, 내가 입국 도장을 위조해서 찍기라도 했단 말인가? 직원은 막무가내였다. 전산상 네팔로 출국한 기록은 남아 있지만 다시 인도로 입국한 기록이 존재하지 않는다며 물러서지 않았다. 무죄가 확실하지만 더 이상 스스로를 변호할 알리바이가 없다는 사실을 깨닫자 다리에 힘이 풀렸다.

이 섬뜩한 시간 속에서도 가장 두려운 건 공항에 구금되는 게 아니라 한국으로 가는 비행기를 놓치는 일이었다. 말레이시아를 찍고 인천으로 가는 경유편을 예약했기 때문에 여차하면 비행기 티켓 두 장이 비행도 못해보고 공중분해될 위기였다. 잡혀갈 수도 있겠다는 생각이 티켓 값 60만 원을 날릴 수도 있겠다는 생각으로 변하자 정신이 번뜩 들었다. 얼이 빠져 있던 뇌를 100퍼센트 가동시키기 시작했다. 그리고 드디어 기상천외한 방법이 떠올랐다.

"와이파이, 와이파이!"

이 절체절명의 위기에서 내가 외친 건 인터넷 접속이었다. 직원은 대단히 어이없어하며 지금 이 상황에 와이파이를 찾는 거냐고 되물었지만 내가 찾는 건 와이파이가 확실했다. 그는 미친 사람처럼 와이파이를 울부짖는 내게 공항 와이파이를 잡게 도와주었다. 최후의 수단은 바로 블로그였다. 나는 항상 여행의 모든 날을 블로그에 실시간으로 기록한다. 대한민국에서 가장 부지런한 여행 작가임을 자부하는 이유다! 엄마와 500일 넘게 여행할 때 역시 단 하루도 빠짐없이 블로그에 여행을 기록했고 그 기록이 결국엔 세 권의 책으로 탄생했다. 이번에도 예외는 아니었다. 지난 5개월간의 남아시아 여행이 블로그에 고스란히 담겨 있었다.

나는 블로그 앱을 열고 인도로 재입국하던 날의 포스팅을 찾았다. 'D+94 : 다시 인도로'라는 제목이 눈에 들어왔다. 역시나! 그 안에는 네팔에서 인도로 넘어오는 과정이 지나칠 정도로 상세하게 담겨 있었다. 네팔의 출국 과정은 물론 국경을 넘어 인도로 입국하는 내용까지 완벽했다. 아예 대놓고 국경을 지나 인도의 입국 사무소에 들어서는 사진까지 남겼다. 심증이 물증으로 굳어지는 순간이었다. 여권에 입국 도장이 있고 당시의 발자취가 사진으로 남아 있는데 이마저 부정할 수는 없는 법!

전세는 역전되었다. 나는 직원에게 블로그를 보여주며 내가 이렇게 사무소 앞까지 가서 입국 심사를 안 받았겠냐, 여권에 입국 도장이 있는데 불법 입국이겠냐, 그러니 당시 국경 직원이 전산 처리를 누락한 것이다, 라고 강력히 주장했다. 그제야 강압적인 분위기로 나를 심문하던 직원이 갸우뚱거리던 고개를 바로잡은 채 누군가와 오랫동안 무전을 주고받았다. 무슨 내용인지 알 수는 없으나 한 시간의 조사 끝에 그는 나를 훈방 조치하였다. 자유의 몸이 된 걸 기뻐할 겨를도 없이 비행기를 놓칠세라 다시 출국 게이트로 전력 질주했다.

그런데 출국 게이트 담당 직원이 인도 입국 기록이 없다며 다시 내 앞을 가로막는다.

"아, 진짜! 방금 다 해결하고 왔다고요!"

비행기가 떠날까 봐 마음이 급하기도 했고, 하도 답답하기도 해서 한국말로 빽 소리를 질러버렸다. 방금 전 사무실에서 나를 조사하던 직원이 달려와 나를 보내주라고 말한 뒤에야 나는 겨우 출국 게이트를 통과

　딱 하루만 평범했으면

해 인도 출국 도장을 받을 수 있었다. 발을 동동 구르며 짐 검사를 마친 뒤 다시 전속력으로 질주했다. 그리고 겨우 탑승 마감 시간 직전에 아슬아슬하게 비행기에 오를 수 있었다. 사람들이 나를 쳐다보든 말든 나는 좌석에 고꾸라져 숨을 할딱였다. 그 거친 숨소리가 잦아들기도 전에 비행기가 이륙을 위해 꿈틀거리기 시작했다. 머리가 핑핑 돌아 말도 못하게 어지러웠지만 60만 원을 지켜냈다는 사실에 회심의 미소가 번졌다.

비행기 안에서 여유롭게 폼을 잡으며 여행을 반추하고 정리하려 했던 계획은 실패로 돌아갔다. 공항에서 진을 뺀 탓에 비행기에 오르자마자 진한 피로감이 몰려왔다. 그래도 그냥 눈을 감으면 아쉬울 것 같아 창밖 너머의 인도를 바라보며 허겁지겁 지난 5개월을 돌아봤다. 그 어떤 장기 여행이 파란만장하지 않겠냐마는 이번 남아시아 여행도 만만치 않았다. 죽음을 예감했던 '버스 테러 오인' 사건부터 죽어도 좋다는 각오로 올랐던 히말라야 등정까지. 불과 한 시간 전엔 인생 최초로 공항에 구금될 뻔하지 않았는가! 이 모든 사건 사고를 뒤로하고 대한민국으로 돌아간다.

꿈틀거리던 비행기가 활주로 앞에 잠시 멈추는가 싶더니 속도를 내기 시작했다. 비행기가 서서히 공중으로 솟아올랐고, 내 몸이 뒤로 살짝 젖혀지는 순간 눈을 감았다. '아, 드디어 집으로 가는구나!'라는 공식 대사가 나올 완벽한 타이밍!

하지만 마음과 달리 내 입에서 나온 대사는 달랐다. 아무래도 나는 평생 여행하고 살 팔자인가 보다.

"아, 며칠만 더 여행하다 올걸 그랬나?"